MAURICE LEBLANC

Les Trois Yeux

LE LIVRE DE POCHE

LES TROIS YEUX

Fils d'un entrepreneur de constructions navales, Maurice Leblanc est né à Rouen en 1864. Il étudie le droit, travaille chez son père, puis se lance dans le journalisme. Il a déjà écrit des romans classiques quand paraît en 1907 son premier ouvrage « policier » : Arsène Lupin gentleman-cambrioleur.
Le personnage devient immédiatement populaire et son créateur en fait le héros d'une longue série d'aventures dont le public suit avec enthousiasme les péripéties depuis l'humoristique Arsène Lupin contre Herlock Sholmès *(1908) ou les grandes réussites de* L'Aiguille creuse *(1909),* Le Bouchon de cristal *(1912) ou* Les Huit Coups de l'horloge *(1921) — pour ne citer que les plus célèbres — jusqu'à* La Cagliostro se venge *(1935), soit plus de trente récits.*
Théâtre, cinéma, radio ont accaparé aussi ce héros agile et joyeux, toujours prêt à la blague comme à la bonne action, tantôt chef de bande, tantôt acteur en solo des entreprises les plus téméraires, se riant de la police ou, l'âge venant, se substituant à elle comme détective selon son humeur, mais à jamais cambrioleur... et gentleman.
Maurice Leblanc est également l'auteur d'autres romans d'aventures ayant des héros différents.
Frère de la comédienne Georgette Leblanc (qui fut l'interprète des œuvres de Maurice Maeterlinck), Maurice Leblanc est mort en 1941 à Perpignan.

Rayon B... Berge... La mort n'a pas laissé le savant Noël Dorgeroux achever son message. Voulait-il révéler la formule de sa découverte ou le nom de son meurtrier ? Auquel cas il faudrait incriminer sa filleule Bérangère, surnommée Bergeronnette, ne serait-ce que comme complice de l'assassin.
Le neveu du savant qui l'aime s'y refuse et pourtant un homme est sorti de l'ombre en affirmant son droit à exploiter le rayon B : Théodore Massignac, père de Bergeronnette.
Alors ? Le faire arrêter, c'est vouer à l'oubli le nom de Dorgeroux, car il détruirait une découverte d'une valeur inouïe pour l'humanité et dont le peu qui a transpiré dans la presse soulève l'enthousiasme. Alors ?
Alors, il faut attendre ; on ne sait jamais quelles conséquences inattendues peuvent avoir les découvertes — et Massignac qui voit seulement en celle-ci un moyen de faire fortune ignore l'étrange pouvoir des *Trois Yeux* — récit dont la moindre qualité n'est pas d'être une énigme fantastique parmi les plus curieuses imaginées par Maurice Leblanc, et qui n'est pas sans rappeler certaines œuvres d'H. G. Wells.

ŒUVRES DE MAURICE LEBLANC

Dans Le Livre de Poche :

ARSÈNE LUPIN, GENTLEMAN CAMBRIOLEUR.
ARSÈNE LUPIN CONTRE HERLOCK SHOLMES.
L'AIGUILLE CREUSE.
LES CONFIDENCES D'ARSÈNE LUPIN.
LE BOUCHON DE CRISTAL.
813.
LA COMTESSE DE CAGLIOSTRO.
LES HUIT COUPS DE L'HORLOGE.
LA DEMOISELLE AUX YEUX VERTS.
LA BARRE-Y-VA.
LE TRIANGLE D'OR.
L'ILE AUX TRENTE CERCUEILS.
LES DENTS DU TIGRE.
LA DEMEURE MYSTÉRIEUSE.
L'ÉCLAT D'OBUS.
L'AGENCE BARNETT ET Cie.
VICTOR, DE LA BRIGADE MONDAINE.
LA FEMME AUX DEUX SOURIRES.
LA CAGLIOSTRO SE VENGE.

AVANT-PROPOS

Nous publions ici, sur l'extraordinaire énigme des Trois Yeux, *le récit même de Victorien Beaugrand, tel qu'il l'écrivit d'après ses notes et ses souvenirs vers le milieu du XXe siècle, et tel que nous l'avons trouvé dans la liasse volumineuse des manuscrits laissés par le savant orientaliste.*

Si le caractère de ses études ne semble pas lui donner qualité pour résoudre le problème purement scientifique qui passionna toute une époque, n'oublions pas que Victorien Beaugrand, esprit subtil, assoupli par de bonnes méthodes de travail, fut, en outre — et c'est là le point essentiel — mêlé de la façon la plus intime aux événements dont il entreprit la relation véridique. Acteur dans le drame, il en vécut au jour le jour toutes les péripéties, en connut les moindres détails, en supporta les contrecoups, une à une entendit sonner les heures les plus solennelles de l'histoire du monde, et, chaque fois que s'ouvrit le gouffre béant du formidable mystère, communia de toute son âme éperdue avec les foules hurlantes d'enthousiasme et d'effroi.

Son témoignage a donc un poids considérable. C'est celui d'un homme qui a vu, et nous devons l'accueillir avec d'autant plus de faveur que, s'il apporte de nouvelles clartés et rectifie certaines erreurs, il confère, en définitive, par ses conclusions, un surcroît d'autorité à la magnifique hypothèse sur laquelle s'est mise d'accord la presque unanimité des savants modernes.

Et ainsi, malgré les doutes qui demeurent, malgré les incertitudes et les contradictions, et, disons le mot, malgré les impossibilités qui paraissent encore, dans l'état actuel de la science, s'opposer à l'adoption de cette hypothèse, on peut croire, en toute sincérité, que la lumière est faite sur ce qu'on a justement appelé la plus incompréhensible énigme qu'ait soumise aux hommes l'incompréhensible nature.

I

BERGERONNETTE

En ce qui me concerne, l'étrange histoire remonte à ce jour d'automne où mon oncle Dorgeroux surgit, titubant et bouleversé, au seuil de la chambre que j'occupais dans son logis du Haut-Meudon.

Depuis une semaine, nous ne l'avions pas vu. En proie à cette exaspération nerveuse que provoquait chez lui l'épreuve finale de chacune de ses inventions, il vivait parmi ses fourneaux et ses cornues, toutes portes closes, dormant sur un canapé, se nourrissant de fruits et de pain. Et voilà qu'il m'apparaissait tout à coup, livide, hagard, balbutiant, amaigri comme s'il fût sorti d'une longue et dangereuse maladie.

En vérité, il était méconnaissable! Pour la première fois, je vis, déboutonnée, l'ample redingote noire, usée, et couverte de tant de taches, qui lui serrait la taille comme une cuirasse, et dont il ne se séparait même point pour faire ses expériences ou pour ranger, sur les rayons de ses laboratoires, les innombrables drogues dont il faisait usage. Sa cravate blanche, toujours propre, elle, par contraste, était dénouée, et le plastron de sa chemise débordait par-dessus son gilet. Quant à son bon visage, paisible et grave d'ordinaire, si jeune encore entre les boucles de cheveux blancs qui formaient couronne autour de la tête, il semblait composé de traits nouveaux et ravagé d'expressions contraires et violentes qui se heurtaient sans que l'une d'elles parvînt à s'imposer — expressions de terreur et d'angoisse où je m'étonnais, à certains moments, de noter les éclairs de la joie la plus folle et la plus extravagante.

Je n'en revenais pas. Que s'était-il passé durant ces quelques jours? Quel drame avait pu jeter ainsi hors de lui le doux et tranquille Noël Dorgeroux?

« Vous êtes souffrant, mon oncle? » demandai-je avec inquiétude, car j'avais pour lui la plus vive affection.

Il murmura :

« Non... non... je ne suis pas souffrant...

— Alors, qu'y a-t-il? Je vous en prie...

— Il n'y a rien... je te répète qu'il n'y a rien. »

J'avançai un fauteuil. Il s'y laissa tomber. Puis, sur mes instances, il accepta un verre d'eau, mais sa main tremblait tellement qu'il ne put le porter à ses lèvres.

« Parlez, mon oncle, m'écriai-je. Jamais je ne vous ai vu ainsi. Il faut que vous ayez éprouvé de grandes émotions... »

Il dit, très bas, d'une voix sans accent :

« Les plus grandes émotions de ma vie... des émotions comme jamais personne n'a dû en éprouver... personne... personne...

— Alors, expliquez-vous, je vous en supplie...

— Non... tu ne comprendrais pas... Moi non plus je ne comprends pas... C'est tellement invraisemblable! Ça se passe dans les ténèbres, dans un monde de ténèbres... »

Il y avait sur la table un crayon et du papier. Sa main avait saisi ce crayon et, machinalement, il traçait un de ces dessins à contours vagues, auxquels peu à peu l'action d'une pensée obsédante impose des formes plus nettes. Et le sien, que je voyais se préciser sur la feuille blanche, finissait par représenter trois figures d'apparence géométrique, qui avaient l'air aussi bien de ronds mal faits que de triangles composés de lignes courbes. Au centre de ces figures, cependant, il inscrivit un cercle régulier qu'il noircit entièrement, et qu'il marqua, dans le milieu, d'un point plus noir encore, ainsi que la prunelle est marquée d'une pupille.

« Voilà! voilà! s'écria-t-il tout à coup en un sursaut d'agitation. Tiens, regarde ce qui palpite dans les ténèbres. N'est-ce pas à devenir fou? Regarde... »

Il avait empoigné un autre crayon, rouge celui-là, et se précipitant vers le mur, il balafrait le plâtre blanc des trois mêmes figures inexplicables, des « trois cercles triangulaires », au centre desquels il s'appliquait à mettre des prunelles ornées de pupilles.

« Regarde! ils vivent, n'est-ce pas? tu les vois remuer et s'effarer?... Tu les vois, n'est-ce pas? Ils vivent! Ils vivent! »

Je crus qu'il allait parler. Mais il n'acheva pas. Ses yeux, d'ordinaire pleins de vie, et candides ainsi que des yeux d'enfant, avaient une expression de défiance. Il se mit à marcher pendant quelques minutes, puis, à la fin, ouvrant la porte et se retournant vers moi, il me dit avec la même intonation haletante :

« Tu les verras, Victorien, il faut que tu les voies, toi aussi, et que tu m'affirmes bien qu'ils vivent, comme je les ai vus vivre. Viens dans l'Enclos d'ici une heure, ou plutôt dès que tu entendras un coup de sifflet, et tu les verras, les trois yeux... et beaucoup d'autres choses... Tu verras... »

Il sortit.

La maison que nous habitions, le Logis, comme on l'appelait, tournait le dos à la rue et bordait un vieux jardin abrupt et mal entretenu, au sommet duquel commençait le vaste enclos où mon oncle, depuis tant d'années, usait les débris de sa fortune en vaines inventions.

Aussi loin que mes souvenirs pouvaient remonter, j'avais toujours vu ce vieux jardin mal entretenu, et toujours vu, dans un même état de délabrement, cette longue et basse maison avec sa façade de plâtre jaune hérissée de bosses et trouée de lézardes. Jadis j'y habitais, ainsi que ma mère, qui était la sœur de ma tante Dorgeroux. Plus tard, les deux sœurs étant mortes, je venais de Paris, où je faisais mes études, passer mes congés auprès de mon oncle. Il pleurait alors l'assassinat de son pauvre fils Dominique, blessé traîtreusement par un aviateur allemand qu'il avait forcé d'atterrir après un effroyable combat aérien. Mes visites causaient quelque distraction à mon oncle. Mais j'avais dû partir en voyage, et ce n'est qu'à la suite d'une très longue absence que j'étais revenu au Logis de Meudon, où je demeurais depuis plusieurs semaines, attendant la fin des vacances et ma nomination de professeur à Grenoble.

Et, à chacun de mes séjours, j'avais retrouvé les mêmes habitudes, la même soumission aux heures de repas et de promenade, la même vie monotone, coupée, lors des grandes expériences, par les mêmes espoirs et par les mêmes déceptions. Vie forte, robuste, conforme aux goûts et aux rêves démesurés de Noël Dorgeroux, dont aucune épreuve n'abattait le courage et n'altérait la confiance ingénue.

J'ouvris ma fenêtre. Le soleil dominait les murs et les constructions de l'enclos. Aucun nuage n'atténuait le bleu du ciel! Un parfum de roses tardives frissonnait dans l'air calme.

« Victorien! » chuchota au-dessous de moi une voix qui montait d'une charmille tout engoncée de vigne rouge.

Je devinai la présence de Bérangère, la filleule de mon oncle. Elle devait lire comme de coutume sur un banc de pierre, où elle aimait s'asseoir.

« Tu as vu ton parrain? lui dis-je.

— Oui, répondit-elle. Il traversait le jardin et il est rentré dans son Enclos. Il avait l'air tout drôle. »

Bérangère écarta le rideau des feuilles, à un endroit où le treillis qui formait la tonnelle était cassé, et sa jolie tête blonde, hérissée de boucles folles, émergea.

« Allons bon! fit-elle en riant, mes cheveux sont accrochés. Et puis, il y a des toiles d'araignée. Ah! l'horreur... Au secours! »

Souvenirs enfantins, détails insignifiants... Pourquoi cependant sont-ils restés gravés au fond de ma mémoire avec tant de précision? On croirait que tout notre être s'imprègne d'émotion à l'approche des grands événements qui doivent nous atteindre, et que notre sensibilité tressaille d'avance comme au souffle impalpable d'une tempête lointaine.

Je descendis vivement au jardin et courus vers la charmille. Bérangère n'y était plus. Je l'appelai. Un éclat de rire me répondit, et je l'aperçus plus loin qui se balançait sur une corde qu'elle avait tendue entre deux arbres, sous une voûte de feuillage.

Elle était délicieuse ainsi, pleine de grâce et légère comme un oiseau qui s'abandonne à quelque branche flexible. A chaque élan, toutes les boucles s'envolaient, dans un sens, puis dans l'autre, et lui faisaient une auréole mouvante, où venaient se mêler, tombant de tous les arbres secoués, des feuilles rousses, des feuilles jaunes, des feuilles de tous les ors de l'automne.

Malgré l'inquiétude qu'avait laissée en moi l'extrême agitation de mon oncle, je m'attardai devant cette vision d'allégresse incomparable, et, donnant à la jeune fille un surnom que l'on avait tiré jadis, par assonance, de son nom de Bérangère, je prononçai tout bas, presque à son insu :

« Bergeronnette... »

Elle sauta de sa balançoire, et se plantant devant moi :

« Plus permis de m'appeler ainsi, monsieur le professeur.

— Et pourquoi donc?

— C'était bon autrefois, quand j'étais un mauvais garnement de petite fille qui faisait des pirouettes et des cabrioles. Mais maintenant...

— Pourtant ton parrain continue à t'appeler ainsi.

— Mon parrain a tous les droits.

— Et moi?

— Aucun. »

... Ce n'est pas une aventure sentimentale que je raconte ici, et je ne pensais point parler de Bérangère avant d'en arriver au rôle considérable qu'elle joua, comme chacun sait, dans l'histoire des Trois Yeux. Mais ce rôle s'entrelace tellement, dès le début, et durant la période initiale de cette histoire, avec certains épisodes de notre vie intime, que ce serait nuire à la clarté de ce récit que de n'en point faire mention, si brièvement que ce soit.

Donc, douze ans auparavant, avait débarqué au Logis une fillette dont mon oncle était parrain, et de qui, régulièrement, il recevait, par lettre, des compliments et des vœux de nouvelle année. Elle habitait à Toulouse avec son père et sa mère, jadis commerçants à Meudon et voisins de mon oncle. Or, la mère venait de mourir, et le père, sans plus de cérémonie, avait envoyé la fille à Noël Dorgeroux, avec une courte missive dont quelques phrases me sont restées en mémoire : « La petite s'ennuie à la ville... Mon métier (le sieur Massignac était commissaire en vins) m'oblige à courir la province... et Bérangère demeure seule... J'ai pensé qu'en souvenir de nos bonnes relations, vous voudriez bien la garder quelques semaines... L'air de la campagne lui rendra ses belles couleurs... »

Mon oncle était très bon. Les quelques semaines furent suivies de plusieurs mois, puis de plusieurs années, durant lesquelles le sieur Massignac annonçait de temps à autre son intention de passer par Meudon et d'y reprendre l'enfant. Et il arriva que Bérangère ne quitta plus le Logis et qu'elle entoura mon oncle de tant d'affection joyeuse et tumultueuse, que, malgré son indifférence apparente, Noël Dorgeroux n'avait pu se séparer de sa filleule. Elle animait de son rire et de son charme la vieille maison silencieuse. Elle était l'élément de désordre et d'imprévu qui donne du prix à l'ordre, à la discipline et à l'austérité.

Pour moi, qui rentrais cette année d'une longue

absence, j'avais retrouvé, au lieu de la fillette, une jeune fille de vingt ans, aussi enfant et aussi bruyante que jadis, mais belle, harmonieuse de formes et de gestes, mystérieuse comme le paraissent celles qui ont vécu seules, dans l'ombre d'un vieillard taciturne. Dès les premiers jours, j'avais senti que ma présence contrariait ses habitudes de liberté et d'isolement. A la fois hardie et sauvage, timide et provocante, effrontée et rougissante, elle semblait me fuir en particulier et, en deux mois d'existence commune, où je la voyais à chaque repas et la rencontrais au détour de chaque allée, je n'avais pas réussi à l'apprivoiser. Elle demeurait distante et farouche, rompant brusquement nos entretiens et montrant à mon égard l'humeur la plus capricieuse et la plus inexplicable.

Peut-être avait-elle l'intuition du trouble profond qui s'éveillait en moi, et peut-être son embarras venait-il de ma propre gêne. Souvent, elle avait surpris mon regard attaché à ses lèvres rouges, ou remarqué, à certaines minutes, l'altération de ma voix. Et elle n'aimait pas cela. L'hommage de l'homme la déconcertait.

« Ecoute, lui dis-je, en prenant un détour pour ne pas l'effaroucher, ton parrain prétend qu'il se dégage des êtres, et de certains êtres plus que d'autres, une sorte d'émanation... N'oublie pas que Noël Dorgeroux est d'abord un chimiste et qu'il voit et sent les choses en chimiste. Alors, pour lui, cette émanation se manifeste par un dégagement de corpuscules, d'étincelles invisibles qui forment comme une espèce de nuage. C'est ce qui se produit, par exemple, chez la femme. Sa séduction vous enveloppe... »

Mon cœur battait si fort en prononçant ces paroles que je dus m'interrompre. Pourtant, elle n'eut pas l'air d'en saisir le sens et elle me dit, d'un petit ton fier :

« Mon parrain me tient au courant de ses théories. Je n'y comprends rien d'ailleurs. Cependant, à propos de celle-ci, il m'a parlé d'un rayon spécial, imaginé par lui, pour expliquer cette explosion d'étincelles invisibles. Et ce rayon, il le désigne par la première lettre de mon nom, le rayon B.

— Bravo, Bérangère, te voici marraine d'un rayon, celui de la séduction et du charme.

— Pas du tout, s'écria-t-elle avec impatience. Il ne s'agit pas de séduction, mais d'une incarnation matérielle, d'un fluide qui, même, peut devenir visible et prendre une forme, comme les apparitions provoquées par les médiums. Ainsi, l'autre jour... »

Elle s'arrêta indécise, le visage anxieux, et je dus la presser pour qu'elle continuât :

« Non... non, dit-elle, je ne devrais pas parler de cela... Ce n'est pas que votre oncle m'ait défendu... Mais j'en ai conservé une impression si pénible...

— Explique-toi, Bérangère...

— Une impression de peur et d'angoisse. Sur un mur de l'Enclos, j'ai vu, avec votre oncle, des choses effrayantes, des dessins qui représentaient trois sortes d'yeux... Etait-ce des yeux? Je ne sais pas... Cela remuait et nous regardait... Ah! je n'oublierai jamais...

— Mais, mon oncle?...

— Votre oncle était décomposé. Je dus le soutenir et le soigner, car il perdit connaissance. A son réveil, les dessins s'étaient effacés.

— Et il n'a rien dit?

— Il restait silencieux, les yeux au mur. Alors, je l'ai interrogé : « Qu'est-ce que c'est, parrain? » Au bout d'un instant, il m'a répondu : « Je ne sais pas... « je ne sais pas... le rayonnement peut-être dont je

« t'ai parlé... le rayon B. Ce serait un phénomène « de matérialisation... » Il n'en dit pas davantage. Un peu après, il me reconduisait à la porte du jardin. Depuis, il s'est enfermé dans l'Enclos. Je ne l'ai revu que tout à l'heure... »

Elle se tut. Je demeurai soucieux et fort intrigué par cette révélation.

« Ainsi, murmurai-je, selon toi, Bérangère, la découverte de mon oncle aurait un rapport avec ces trois figures? Des figures géométriques, n'est-ce pas? des triangles? »

Avec ses deux pouces et ses deux index, elle formait un triangle.

« Tenez... voici la forme... Quant à leur disposition... »

Elle ramassa une branche, et elle se mettait à tracer des lignes dans l'allée quand un coup de sifflet retentit. Elle s'écria :

« C'est le signal de parrain quand il a besoin de moi dans l'Enclos.

— Non, lui dis-je. Aujourd'hui, ce signal me concerne. C'est convenu.

— Il a donc besoin de vous?

— Il veut me parler de sa découverte.

— Alors, j'y vais également.

— Il ne t'attend pas, Bérangère.

— Mais si, mais si... »

Je la saisis par le bras. Elle m'échappa et courut jusqu'en haut du jardin, où je la retrouvai devant une petite porte massive pratiquée dans une palissade de madriers qui reliait un hangar et un mur fort élevé.

Elle entrouvrit cette porte... J'insistai :

« Tu as tort, Bérangère. Cela va le contrarier.

— Vous croyez, vraiment? dit-elle un peu indécise.

— Sans aucun doute, puisque c'est moi seul qu'il a convié. Allons, Bérangère, sois raisonnable. »

Elle hésitait. Je passai et refermai la porte sur elle.

II

LES « CERCLES TRIANGULAIRES »

Ce qu'on appelait à Meudon l'Enclos de Noël Dorgeroux était une sorte de terrain vague où des chemins se perdaient parmi l'herbe jaune, les orties et les pierres, les tonneaux accumulés, la ferraille, les cages à lapins, tous les débris de ce qui ne sert plus, et qui pourrit, se rouille et tombe en poussière.

Aux murs et aux palissades extérieures s'appuyaient les ateliers, reliés entre eux par des courroies et des arbres de transmission, les laboratoires remplis de fourneaux, d'appareils à gaz, d'innombrables cornues, de flacons et de vases où se trouvaient les produits les plus délicats de la chimie organique.

La vue s'ouvrait librement sur la boucle de la Seine que l'on dominait de près de cent mètres et sur les collines de Versailles et de Sèvres qui faisaient à l'horizon un grand cercle, vers lequel s'inclinait, dans le bleu pâle du ciel, un clair soleil d'automne.

« Victorien! »

Au seuil de l'atelier où il se tenait le plus souvent,

mon oncle me faisait signe. Je traversai l'Enclos.

« Entre, me dit-il, nous avons à causer d'abord. Oh! pas longtemps... Quelques mots... »

Dans la pièce haute et spacieuse, un coin de travail et de repos était réservé, avec un bureau encombré de papiers et de plans, un divan, et de vieux fauteuils en tapisserie. Mon oncle m'avança un de ces fauteuils. Il paraissait plus calme, mais son regard conservait un éclat inaccoutumé.

« Oui, reprit-il, quelques mots d'explication préalable, à propos du passé... de ce triste passé qui est celui de tous les inventeurs devant lesquels la chance se dérobe... Il y a si longtemps que je cherche!... J'ai toujours cherché. Mon cerveau m'a toujours semblé une cuve où bouillonnaient mille idées incohérentes... Elles se contrariaient et se détruisaient entre elles. Et puis, il y en avait une qui prenait de la force... Et alors, je ne vivais plus que pour celle-là... Et à celle-là, je sacrifiais tout... C'était comme un incendie où j'aurais jeté ma fortune et celle des autres... et leur bonheur aussi, leur tranquillité... Rappelle-toi ma pauvre femme, Victorien. Tu te rappelles comme elle a été malheureuse, et combien elle craignait pour l'avenir de son fils, de mon pauvre Dominique! Je les aimais bien, cependant... »

Il s'arrêta sur ce souvenir. Et moi, je revoyais le pauvre visage de ma tante, et je l'entendais encore raconter à ma mère ses inquiétudes et ses pressentiments : « Il nous mettra sur la paille, disait-elle. Il me demande signatures sur signatures. Rien ne compte pour lui. »

« Elle n'avait pas confiance en moi, reprit Noël Dorgeroux. Ah! j'ai eu tant de déceptions! tant d'échecs lamentables!... Tu te rappelles, Victorien? tu te rappelles mon expérience sur la germination intensive par courant électrique... mes expériences sur l'oxygène... et toutes les autres... toutes les autres dont aucune n'a réussi... Quel courage il m'a fallu!... Pas une minute, moi, je n'ai perdu la foi!... Une idée surtout me soutenait, et j'y revenais sans cesse comme si j'avais vu clair dans l'avenir... Tu la connais, Victorien? Vingt fois elle a reparu sous des formes différentes... mais le principe restait le même... C'était l'utilisation de la chaleur solaire... Tout est là, vois-tu... dans le soleil... dans son action sur nous, sur les cellules, sur les organismes, sur les atomes, sur toutes les substances, plus ou moins mystérieuses, que la nature a mises à notre disposition... Et, par tous les côtés, j'attaquais le problème... Plantes, engrais, maladies de l'homme et de l'animal, photographies... pour tout cela j'ai demandé la collaboration des rayons solaires, employés à l'aide de procédés spéciaux qui étaient les miens, et dont personne ne possédait le secret... Et c'est ainsi... c'est ainsi qu'il y a quelques jours... »

Mon oncle Dorgeroux s'était animé de nouveau et ses yeux brillaient de fièvre. Il déclamait, sans interruption maintenant :

« Je ne nie pas qu'il n'y ait une part de hasard dans ma découverte. Le hasard est partout. Il n'y a pas de découverte qui n'aille au-delà de notre effort d'invention, et même, je puis te l'avouer, Victorien, je ne m'explique pas ce qui se produit... Non, à beaucoup près, je ne me l'explique pas, et c'est à peine si j'y crois. Mais, tout de même, si je n'avais pas cherché dans cette voie, la chose ne se serait pas présentée. Le miracle incompréhensible a lieu grâce à moi. Le tableau se dessine dans le cadre même que j'ai tracé, sur la toile même que j'ai préparée, et, tu t'en rendras compte, Victorien, c'est ma volonté qui fait surgir des ténèbres le fantôme que tu vas voir. »

Il s'exprimait d'un ton de fierté où il y avait un certain malaise, comme s'il eût douté de lui-même et que ses paroles eussent dépassé l'exacte limite de la vérité.

« Il s'agit de ces trois espèces d'yeux, n'est-ce pas? lui demandai-je.

— Hein! fit-il, avec un sursaut... Qu'est-ce qui t'a mis au courant? Bérangère, n'est-ce pas? Elle a eu tort... Voilà ce qu'il faut éviter à tout prix... les indiscrétions! Un mot de trop et je suis perdu... ma découverte est volée... Pense donc, le premier venu... »

Comme je m'étais levé, il me poussa vers son bureau.

« Assieds-toi là, Victorien... Tu vas écrire... Ne m'en veux pas si je prends cette précaution... elle est indispensable... Tu dois savoir à quoi tu t'engages en participant à mon œuvre. Ecris, Victorien.

— Quoi, mon oncle?

— Une déclaration par laquelle tu reconnais que... Mais je vais te dicter... C'est préférable... »

Je l'interrompis :

« Mon oncle, vous vous défiez de moi...

— Je ne me défie pas de toi, mon petit. Je me défie d'une imprudence, d'une indiscrétion... Et, d'une façon générale, je ne manque pas de raisons pour me défier.

— Lesquelles, mon oncle? »

Il me dit d'une voix plus grave :

« Des raisons qui me font croire que je suis épié, et que quelqu'un cherche à surprendre ma découverte... Oui, quelqu'un est entré ici, l'autre nuit, pendant que je dormais... On a fouillé dans mes papiers...

— On a trouvé?...

— Rien. Je porte toujours sur moi les notes et les formules essentielles. Mais, tout de même, qu'arriverait-il si l'on réussissait?... Alors, n'est-ce pas, tu admettras que je suis obligé à la prudence. Ecris que je t'ai mis au courant de mes recherches, et que tu as vu ce que je fais surgir du mur de l'Enclos, à l'endroit que recouvre un rideau de serge noir. »

Je pris une feuille de papier et une plume. Il m'arrêta vivement :

« Non, non, c'est absurde. Cela n'empêcherait pas... Et puis, tu ne parleras pas, j'en suis sûr. Excuse-moi, Victorien. Je suis si troublé!

— Vous n'avez pas à redouter une indiscrétion de ma part, affirmai-je. Mais je vous rappellerai, mon oncle, que Bérangère a vu, elle aussi.

— Oh! dit-il, elle n'a pas pu se rendre compte...

— Elle voulait m'accompagner tout à l'heure.

— A aucun prix! C'est encore une enfant, à qui l'on ne doit pas confier des secrets de cette importance. Allons, viens. »

Mais, comme nous sortions de l'atelier, il arriva précisément que, tous deux en même temps, nous aperçûmes Bérangère qui se glissait le long d'un mur de l'Enclos, et qui s'arrêta devant un rideau noir qu'elle écarta d'un coup.

« Bérangère! » s'exclama mon oncle, la voix furieuse.

La jeune fille se retourna en riant.

« Je te défends! je te défends! cria Noël Dorgeroux, qui s'élança vers elle. Je te défends! Sacrée gamine, va! »

Bérangère s'enfuit, sans manifester d'ailleurs une très grande émotion. Elle sauta sur un tas de briques, grimpa sur une longue planche qui formait le pont, entre deux tonneaux, et se mit à danser comme elle avait l'habitude de le faire, les bras étendus ainsi qu'un balancier, et le buste un peu renversé.

« Tu vas perdre l'équilibre, m'écriai-je, tandis que mon oncle rabattait le rideau.

— Jamais de la vie », fit-elle, en rebondissant sur son tremplin.

Elle ne perdit pas l'équilibre. Mais une des extrémités de la planche se déplaça, et la jolie danseuse s'en fut rouler au travers d'un monceau de vieilles caisses.

Je courus aussitôt et la trouvai étendue et toute pâle.

« Tu t'es fait mal, Bérangère?

— Non... presque rien... à la cheville seulement... peut-être une foulure. »

Je la soulevai dans mes bras, presque évanouie, et la portai plus loin vers un banc de bois.

Elle s'abandonnait à mon effort, et même l'un de ses bras m'entourait le cou. Les yeux étaient clos. Les lèvres rouges s'entrouvraient, et je sentais le parfum frais de son haleine.

« Bérangère », murmurai-je, tout en tremblant d'émotion.

Quand je la déposai sur le banc, son bras me serra davantage, de sorte que je dus pencher la tête et que mon visage toucha presque le sien. Je voulus reculer. Mais la tentation était trop forte, et je lui baisai la bouche, doucement d'abord, puis avec une violence brutale qui la réveilla.

Elle me repoussa d'un geste indigné, et balbutia, d'un ton de désespoir et de révolte :

« Oh! c'est abominable... oh! quelle infamie! »

Malgré la douleur que lui causait sa foulure, elle s'était dressée, tandis que moi, stupéfait de ma conduite irréfléchie, je me tenais courbé devant elle, sans oser lever la tête.

Un long moment se passa ainsi, dans un silence embarrassé où je percevais le rythme précipité de sa respiration. Doucement, j'essayai de lui prendre les mains. Mais elle se dégagea et me dit :

« Laissez-moi... Jamais je ne vous pardonnerai... jamais...

— Voyons, Bérangère, il faut oublier cela...

— Laissez-moi... je veux rentrer...

— Tu ne pourras pas, Bérangère...

— Voilà parrain. Il me reconduira. »

Si j'ai relaté cet incident, c'est pour des motifs dont la valeur apparaîtra par la suite. Sur le moment, et malgré le trouble profond que me causa la caresse volée à Bérangère, je ne fus pour ainsi dire point détourné du drame mystérieux où j'allais jouer un rôle auprès de mon oncle Dorgeroux. J'entendis mon oncle qui demandait à Bérangère si elle ne s'était pas blessée. Je la vis qui s'appuyait au bras de son parrain et qui se dirigeait avec lui vers la porte du jardin. Mais, tout en demeurant étourdi, chancelant, ébloui par la silhouette adorable de celle que j'aimais, c'était mon oncle que j'attendais et que j'étais impatient de revoir. La grande énigme m'asservissait déjà.

« Hâtons-nous, s'écria Noël Dorgeroux en revenant. Après, il serait trop tard, et nous devrions attendre à demain. »

Il me précéda jusqu'au grand mur où nous avions aperçu Bérangère en flagrant délit de curiosité. Ce mur, qui séparait l'Enclos du jardin, et que je n'avais pas remarqué spécialement lors de mes rares visites à l'Enclos, était maintenant bariolé d'un tas de couleurs, comme une palette de peintre. L'ocre, l'indigo, la pourpre, le safran s'y étalaient sur le plâtre en couches épaisses et inégales qui tourbillonnaient autour d'un centre plus épais.

Mais, à l'extrémité, un grand rideau de serge noire, pareil aux voiles de photographe et coulissé sur une tringle de fer tenue par des consoles, cachait un espace rectangulaire qui s'allongeait sur trois ou quatre mètres.

« Qu'est-ce que cela? demandai-je à mon oncle. C'est ici?

— C'est ici, fit-il d'une voix étranglée. C'est là derrière. »

J'insinuai :

« Il est encore temps de vous raviser, mon oncle.

— Pourquoi me dis-tu cela?

— Je sens que vous redoutez tellement de me mettre au courant! Votre émotion est si grande!

— Mon émotion est grande pour d'autres raisons.

— Lesquelles?

— *Parce que je vais voir, moi aussi.*

— Mais vous avez déjà vu...

— On voit toujours des choses nouvelles, Victorien, et c'est cela qui est effrayant. »

Je saisis le rideau.

« N'y touche pas! n'y touche pas! s'écria-t-il. Moi seul ai le droit... Sait-on ce qui se produirait si un autre que moi ouvrait la porte close! Recule, Victorien. Place-toi à deux pas du mur, et un peu sur le côté... Maintenant, regarde! »

Sa voix vibrait de force et de volonté implacable. Il avait cet air que l'on prend quand on affronte la mort, et, brusquement, d'un geste unique, il tira le rideau de serge noire.

Mon émoi, j'en suis sûr, n'était pas moins grand que celui de Noël Dorgeroux, et mon cœur ne battait pas avec moins de violence. Curiosité poussée jusqu'aux dernières limites, et, plus encore, intuition redoutable que j'allais pénétrer dans une région de mystère dont rien, pas même les paroles déconcertantes de mon oncle, ne pouvait me donner la plus lointaine idée. Je subissais la contagion de ce qui me semblait chez lui un état de maladie, et que j'essayais vainement chez moi de soumettre au contrôle de ma raison. J'acceptais d'avance l'impossible et l'incroyable.

Pourtant, je ne vis rien d'abord, et, de fait, il n'y avait rien. Cette partie du mur était nue. Le seul détail remarquable, c'est qu'elle n'était point verticale, et que toute la base avait été renforcée de façon à former un plan légèrement incliné qui allait en montant jusqu'à une hauteur de trois mètres. Pourquoi ce travail, alors que le mur n'avait point besoin de consolidation?

Un badigeon de couleur gris foncé, épais d'un ou deux centimètres, recouvrait tout le panneau. A bien y regarder, c'était, plutôt que de la peinture, une couche de substance répandue uniformément et où il n'apparaissait aucune trace de pinceau. Certains reflets montraient que cette couche était récente comme un vernis qu'on vient d'étaler. Je n'observai rien d'autre, et Dieu sait si je m'évertuais à chercher quelque anomalie!

« Eh bien, mon oncle? murmurai-je.

— Attends, fit-il, d'un ton d'angoisse... attends... Le premier symptôme commence...

— Quel symptôme?

— Au milieu... comme une vague lumière... Tu vois?

— Oui... oui... répondis-je. Il me semble... »

C'était comme lorsqu'un peu de jour essaie de se mêler à la nuit qui décline. Au milieu du panneau se dessinait un disque plus clair, et cette clarté gagnait vers les bords, tout en demeurant plus vive à son centre. Jusque-là, aucune manifestation bien déterminée de quoi que ce fût de particulier, les réactions chimiques d'une substance, tout à l'heure cachée par le rideau et maintenant exposée au jour et au soleil, expliquant parfaitement cette sorte d'illumination intérieure. Mais pourquoi avait-on l'impression troublante et irraisonnée d'un phénomène extraordinaire en préparation? Car voilà bien ce que j'attendais, moi, et ce qu'attendait mon oncle Dorgeroux.

Et soudain, il eut, lui qui connaissait les prodromes et la marche du phénomène, un haut-le-corps, comme s'il eût reçu un choc.

Au même moment, la chose se produisit.

Ce fut brusque, immédiat. Cela jaillit d'un coup des profondeurs de la muraille. Oui, je sais, aucun spectacle ne jaillit d'une muraille, pas plus que d'une couche de substance gris foncé qui n'a pas plus d'un ou deux centimètres. Mais je donne ici la sensation que j'ai éprouvée, qui est celle que des centaines et des centaines de personnes ont éprouvée par la suite, avec la même netteté et la même certitude. Il n'y a pas à épiloguer sur ce fait incontestable : cela jaillissait des profondeurs qui se creusent dans l'océan de la matière, et cela apparaissait brutalement, comme la lueur d'un phare qui s'allumerait au sein même des ténèbres. Après tout, quoi! quand nous avançons vers un miroir, est-ce que notre image ne jaillit pas du fond de cet horizon subitement découvert?

Mais voilà, ce n'était pas notre image à mon oncle Dorgeroux et à moi. Rien ne se réfléchissait, puisqu'il n'y avait rien à réfléchir et aucun écran réflecteur. Ce que je voyais, c'était...

C'était sur le panneau « trois figures d'apparence géométrique ressemblant aussi bien à des ronds mal faits qu'à des triangles composés de lignes courbes. Au centre de ces figures s'inscrivait un cercle régulier, marqué, dans le milieu, d'un point plus noir, ainsi que la prunelle est marquée d'une pupille ».

J'emploie volontairement les termes qui m'ont servi à décrire les dessins que mon oncle avait tracés, au crayon rouge, sur le plâtre de ma chambre, car je ne doutais point qu'il n'eût alors voulu représenter ces mêmes figures dont l'apparition l'avait déjà bouleversé.

« C'est bien ce que vous aviez vu, mon oncle? demandai-je.

— Oh! fit-il à voix basse, j'ai vu bien plus!... bien davantage!... Attends... et regarde-les *jusqu'au fond.* »

Je les regardai éperdument, les trois « cercles triangulaires » comme je les ai appelés. L'un d'eux dominait les autres, et ces deux-là, plus petits et moins réguliers, mais identiques l'un à l'autre, semblaient, au lieu de s'offrir tout à fait de face, se tourner un peu vers la droite et vers la gauche. D'où venaient-ils? Et qu'est-ce qu'ils signifiaient?

« Regarde, répéta mon oncle. Tu vois?

— Oui, oui, répondis-je en frémissant. *Cela bouge.* »

Cela bougeait, en effet. Ou plutôt, non, cela ne bougeait pas, les contours des figures géométriques restaient immobiles, et à l'intérieur aucune ligne ne se déplaçait. Cependant, de toute cette immobilité se dégageait quelque chose qui était du mouvement.

Alors, je me rappelai les paroles de mon oncle : « Ils vivent, n'est-ce pas? On les voit qui s'ouvrent et qui s'effarent! Ils vivent! »

Ils vivaient! Les trois triangles vivaient! Et dès que j'eus cette notion précise et indiscutable de leur vie, je cessai de me les imaginer comme un assemblage de lignes mortes pour voir en eux des choses qui étaient comme des sortes d'yeux, des yeux déformés, des yeux différents de nos yeux, mais des yeux ornés de prunelles et de pupilles, et qui palpitaient dans un abîme d'obscurité.

« Ils nous regardent! » m'écriai-je, hors de moi, fiévreux et désemparé comme mon oncle.

Il hocha la tête et chuchota :

« Oui, c'est la vérité. »

Les trois yeux nous regardaient. Nous sentions peser sur nous les regards vivants de trois yeux sans cils, sans paupières, et dont toute la vie intense provenait de l'expression qui les animait, expression changeante, tour à tour grave, fière, noble, enthousiaste, dure, et triste surtout, triste à faire pleurer.

Je sens combien de telles notations doivent paraître invraisemblables. Elles correspondent cependant de la manière la plus stricte à la réalité telle qu'ont pu la contempler les foules accourues plus tard au Logis du Haut-Meudon. Comme mon oncle, comme moi, ces foules ont frémi devant trois assemblages de lignes fixes qui avaient une expression déchirante, de même qu'à d'autres moments elles ont ri de l'expression comique ou joyeuse qu'elles étaient forcées d'attribuer à ces mêmes lignes.

Et toujours le spectacle dont je rends compte ici se répéta dans un ordre identique. Une certaine pause, que suivit une série de vibrations. Puis, tout à coup, trois éclipses. Après quoi, la composition générale des trois triangles se mit à tourner sur elle-même, d'un bloc, lentement d'abord, et ensuite avec une vitesse croissante, qui se transforma peu à peu en une rotation si rapide qu'on ne distinguait plus qu'une rosace immobile.

Et puis, plus rien. Le panneau vide...

III

UNE EXÉCUTION

Il faut bien comprendre que, malgré les explications auxquelles je suis contraint, le développement de tous ces faits n'exigea que très peu de temps... exactement dix-huit secondes, comme j'eus plus tard l'occasion de le compter. Mais, pendant ces dix-huit secondes, autre constatation qu'il me fut donné de faire maintes fois, on avait l'illusion d'assister à un drame complet, ayant son exposition, son intrigue et son dénouement. Et quand ce drame, illogique et obscur, était terminé, on doutait de ce que l'on avait vu, comme on doute du cauchamar qui vous réveille.

Pourtant, il faut bien se dire que rien de tout cela ne participait, en quelque façon que ce fût, de ces fantasmagories absurdes qu'il est trop facile d'inventer, ni de ces conceptions arbitraires sur lesquelles s'échafaude tout roman soi-disant scientifique. Il ne s'agit pas de roman. Il s'agit d'un phénomène physique, d'un phénomène *extraordinairement naturel,* dont l'explication, quand on la connaît, est *extraordinairement naturelle.*

Et je supplie ceux qui ne la connaissent pas, cette explication, de ne point essayer de la deviner. Qu'ils ne s'embarrassent pas de suppositions et d'interprétations! Qu'ils oublient au fur et à mesure les hypothèses où, moi-même, je m'attarde, tout ce qui est rayon B, matérialisation, influence de la chaleur solaire! Ce sont là autant de routes qui ne mènent à aucun but. Le mieux est de se laisser conduire par les événements, d'attendre et de *croire.*

« C'est fini, n'est-ce pas, mon oncle? » murmurai-je.

Il me répondit :

« C'est le début.

— Comment? Le début de quoi? Que va-t-il se passer?

— Je ne sais pas. »

Je fus stupéfait.

« Vous ne savez pas? Mais vous saviez tout à l'heure... pour cela... pour ces yeux étranges...

— Tout commence par cela. Après viennent d'autres choses que j'ignore et qui changent.

— Est-ce possible! lui dis-je, est-ce possible que vous les ignoriez, vous qui les avez préparées?

— Je les ai préparées, mais je n'en suis pas le maître. Je te l'ai dit, j'ai ouvert une porte sur les ténèbres, et, de ces ténébres, il monte des lumières imprévues.

— Mais ce qui va venir est-il de la même nature que ces yeux?

— Non.

— Alors, mon oncle?...

— Ce qui va venir, ce sera la représentation d'images conformes à nos visions habituelles.

— Et que nous comprendrons par conséquent?

— Que nous comprendrons, oui, et, pourtant, qui seront encore plus incompréhensibles. »

Bien des fois, durant les semaines qui suivirent, je me suis demandé si les paroles de mon oncle méritaient toute confiance, et s'il ne les avait pas prononcées pour m'induire en erreur sur l'origine et la signification de ses découvertes. Comment supposer, en effet, que le mot de l'énigme lui demeurât inconnu? Mais, à ce moment, j'étais courbé sous son influence, tout imprégné du grand mystère qui nous enveloppait, et, le cœur contracté, à l'affût par tous mes sens exaspérés, je ne songeais qu'à regarder au fond du panneau miraculeux.

Un geste de mon oncle me prévint. Je tressaillis. L'aube se levait à la surface grise.

J'aperçus, d'abord, une vapeur qui tourbillonnait autour d'un point central, vers lequel se précipitaient toutes les volutes et où elles s'engouffraient en roulant sur elles-mêmes. Puis, ce point s'élargit en un cercle de plus en plus grand, tendu d'un voile de brume légère qui se dissipa peu à peu, laissant apparaître une image confuse et flottante, comme ces fantômes qu'évoquent, dans leurs séances, spirites et médiums.

Il y eut alors une certaine hésitation. Le fantôme luttait contre l'ombre éparse, et s'efforçait vers la vie et la lumière. Certains traits acquirent de la vigueur. Il se forma des contours et des reliefs et, enfin, un flot de clarté sortit du fantôme lui-même et en fit une image éblouissante, qui semblait inondée de soleil.

C'était une figure de femme.

Je me souviens qu'à ce moment mon désarroi fut tel que j'aurais voulu m'élancer, toucher à la paroi miraculeuse, et prendre contact avec la matière vivante où palpitait l'invraisemblable phénomène. Mais les doigts de mon oncle pénétraient dans mon bras comme des crampons de fer.

« Je te défends de bouger! gronda-t-il. Si tu bouges, tout s'évanouit. Regarde. »

Je ne bougeai pas. L'aurais-je pu, d'ailleurs?

Mes jambes vacillaient. Mon oncle et moi, nous tombâmes assis sur le tronc d'un arbre renversé.

« Regarde... regarde... » ordonna-t-il.

La figure de la femme s'était rapprochée de nous jusqu'à s'agrandir au double des proportions ordinaires. Ce qui frappait, d'abord, c'était la coiffure, qui était celle des infirmières de la Croix-Rouge, avec le bandeau serré contre le front et les voiles autour de la tête. Le visage beau et régulier, jeune encore, avait cette noblesse, en quelque sorte divine, que les peintres primitifs donnent aux saintes qui vont subir ou subissent le martyre, noblesse faite de douleur et d'extase, de résignation et d'espérance, de sourire et de larmes. Imprégnée de cette clarté qui paraissait vraiment une flamme intérieure, elle ouvrait sur un spectacle, invisible pour nous, des yeux que remplissait une épouvante sans nom, et *qui, pourtant, n'avaient pas peur.* Contraste remarquable, sa résignation était provocante, sa crainte pleine de fierté.

« Oh! balbutia mon oncle, c'est comme si je retrouvais l'expression des Trois Yeux qui étaient là, tout à l'heure. N'est-ce pas? c'est la même noblesse... la même douceur... et aussi, la même épouvante.

— Oui, répondis-je, c'est la même expression, la même suite d'expressions... »

Et, tandis que je parlais ainsi, et que la femme demeurait toujours au premier plan, hors de son cadre, je sentis sourdre en moi certaines réminiscences, comme il arrive devant le portrait d'un être dont la physionomie ne vous semble pas tout à fait inconnue. Mon oncle eut la même idée, car il me dit :

« Je crois bien me souvenir... »

Mais à ce moment-là, la figure étrange recula

jusqu'au plan qu'elle occupait d'abord. Les vapeurs qui lui faisaient une auréole s'éloignèrent. Les épaules apparurent, puis le corps entier. Nous vîmes, alors, une femme qui était debout, attachée par des liens qui lui entouraient le buste et la taille à un poteau dont l'extrémité supérieure dépassait un peu sa tête.

Puis, tout cela, qui, jusqu'ici, donnait l'impression de lignes arrêtées, comme le sont, par exemple, les lignes d'une photographie, s'anima soudain, comme un tableau qui deviendrait une réalité, comme une statue qui entrerait de plain-pied dans l'existence. Le buste remua. Les bras, ramenés en arrière, et les épaules captives, se raidirent contre les cordes qui les blessaient. La tête se tourna légèrement. Les lèvres balbutièrent. Ce ne fut plus une image offerte à notre contemplation. Ce fut la vie, la vie vivante et agissante. Ce fut une scène prenant sa place dans l'espace et dans le temps. Tout un arrière-plan se creusa, où il y avait du mouvement, des allées et des venues. Attachées à des poteaux se convulsaient des silhouettes. J'en comptai huit. Une troupe de soldats déboucha, le fusil sur l'épaule, le casque à pointe sur la tête.

Mon oncle prononça :

« Edith Cavell...

— Oui, fis-je avec un sursaut... je la reconnais... Edith Cavell... l'exécution d'Edith Cavell... »

Une fois de plus, et ce n'est pas la dernière, en écrivant de telles phrases, je me rends compte de ce qu'elles doivent paraître absurdes à quiconque ne sait pas d'avance ce qu'elles signifient et ce qui se cache en elles de l'exacte vérité. Pourtant, j'affirme que cette idée de quelque chose d'absurde et d'impossible ne venait pas à l'esprit quand on se trouvait en présence du phénomène. Alors même qu'aucune hypothèse n'avait encore apporté le moindre élément d'explication logique, on acceptait comme évident le témoignage de ses propres yeux. Tous ceux qui ont vu et que j'ai questionnés me firent la même réponse. *Après* on se reprenait et on se révoltait... *Après,* on invoquait l'excuse d'hallucinations et de visions suggérées. Mais, à la minute même, bien que la raison se rebiffât et que l'on fût, pour ainsi dire, « hérissé » contre des faits qui n'avaient point de cause, on était contraint de s'y soumettre et d'assister à leur développement comme à une présentation d'états successifs de la réalité.

Présentation théâtrale, si l'on veut, ou plutôt cinématographique, car, au fond, c'était l'impression la plus nette qui se dégageait de toutes les impressions subies. Instinctivement, dès que l'image de Miss Cavell avait pris l'animation de la vie, je m'étais retourné pour chercher des yeux, dans quelque coin de l'Enclos, l'appareil qui projetait cette image animée, et, si je n'avais rien aperçu, si j'avais tout de suite compris qu'en tout état de cause aucune projection ne peut fonctionner en plein jour et sans émettre de faisceaux lumineux, j'accueillis et je gardai cette juste impression. Pas de projecteur, soit, mais un écran. Un écran prodigieux qui ne recevait rien de l'extérieur, puisque rien n'était envoyé, mais qui recevait tout de l'intérieur.

Et c'était bien, vraiment, la sensation éprouvée. Les images ne provenaient pas du dehors. Elles jaillissaient du dedans. L'horizon s'ouvrait à l'envers de la matière. Les ténèbres fabriquaient de la clarté.

Des mots, des mots, je le sais! Des mots que j'accumule avant d'oser écrire les mots qui expriment ce que je voyais sourdre de l'abîme où Miss Cavell allait subir le dernier supplice. L'exécution de Miss Cavell! Certes, je me disais bien que, s'il y avait présentation cinématographique, s'il y avait film — et comment en douter? — c'était, en tout cas, un film comme tant d'autres, truqué, fictif, établi d'après la légende, avec une mise en scène conventionnelle, des interprètes payés et une héroïne en possession d'un rôle appris. Je savais cela. Mais, tout de même, je regardais comme si je ne l'avais pas su. Le miracle de la vision était si grand que l'on était contraint de croire au miracle total, c'est-à-dire à la sincérité de la présentation. Aucun truc. Aucun simulacre. Aucun rôle. Pas d'interprète ni de mise en scène. La scène elle-même. Les victimes elles-mêmes. L'horreur qui me secoua durant ces quelques minutes fut celle que j'aurais ressentie si j'avais vu se lever, au large du terrain maudit, l'aube sanglante du 8 octobre 1915.

Ce fut rapide. La troupe des soldats s'était alignée sur deux rangs, à droite et un peu de biais, de sorte qu'on apercevait leurs visages encadrés par les canons de fusils. Ils étaient nombreux, trente, quarante peut-être, quarante bourreaux, bottés, sanglés, casqués, jugulaire au menton. Au-dessus d'eux, un ciel pâle, rayé de nuages effilés. En face... en face, les huit condamnés.

Il y avait six hommes et deux femmes, gens du peuple ou de petite bourgeoisie, qui se redressaient maintenant et tendaient la poitrine en tirant sur leurs liens. Un officier se détacha, suivi de quatre feldwebels qui portaient des mouchoirs dépliés. Aucun des condamnés ne se laissa bander les yeux. Cependant, les figures étaient tordues par l'angoisse et, d'un même mouvement de tout l'être, ils semblaient se jeter au-devant de la mort.

L'officier leva son épée. Les soldats épaulèrent.

Un élan suprême grandit les victimes et un cri sortit de leurs bouches. Oh! ce cri, je *le vis* et je *l'entendis,* cri fanatique et désespéré par lequel les martyrs hurlaient leur foi victorieuse.

Le bras de l'officier s'abattit. L'espace me parut tressaillir comme au grondement du tonnerre. Je n'eus pas le courage de regarder et mes yeux s'attachèrent à la face bouleversée d'Edith Cavell.

Elle non plus ne regardait pas. Ses paupières étaient closes. Mais, comme elle entendait! Comme son visage se contractait sous le choc des bruits abominables, commandements, détonations, clameurs des victimes, râles, gémissements de l'agonie! Par quel raffinement de cruauté avait-on retardé son supplice à elle? Pourquoi la condamner à cette double torture de voir mourir avant que de mourir?

Cependant, tout devait être fini là-bas. Une partie des bourreaux s'occupaient des cadavres, tandis que les autres se reformaient et marchaient vers Miss Cavell en pivotant autour de l'officier: Ils sortirent ainsi du cadre même où nous pouvions les suivre, et, aux signes de commandement de l'officier, je me rendis compte qu'ils s'alignaient vis-à-vis de Miss Cavell, entre elle et nous.

L'officier s'approcha de la victime, accompagné d'un aumônier militaire. Celui-ci posa contre les lèvres de Miss Cavell un crucifix qu'elle embrassa longuement et tendrement. L'aumônier lui donna ensuite sa bénédiction, et elle demeura seule. Une brume enveloppa de nouveau la scène, la laissant tout entière, elle, en pleine clarté, les paupières toujours closes, la tête droite et le corps rigide. Elle avait, à ce moment, une expression très douce et très calme. Aucune peur ne déformait son noble visage. Elle attendait la mort avec la sérénité d'une sainte.

Et cette mort, de la façon dont elle nous fut présentée, ne sembla pas trop cruelle ni trop odieuse.

Un affaissement du buste. Le front qui se penche un peu de côté... Mais l'ignominie vint de ceci. L'officier se dressa près de la victime, le revolver au poing. Et, ce revolver, il en appuyait le canon sur la tempe de sa victime, lorsque, subitement, la brume déferla en vagues épaisses, et toute image s'effaça.

IV

LE FILS MORT DE NOËL DORGEROUX

CELUI qui vient d'assister au plus tragique des films s'évade sans effort de la sorte de prison noire où il étouffait, et recouvre avec la lumière l'équilibre et l'assurance. Je restai, moi, un long temps engourdi, taciturne, les yeux rivés au panneau vide comme si j'eusse attendu qu'il s'en dégageât quelque autre chose. Même achevé, le drame me terrifiait, ainsi qu'un cauchemar qui se prolonge, et, tout autant que le drame, la manière absolument extraordinaire dont il m'était révélé. Je ne comprenais pas. Mon cerveau en désordre ne m'offrait que les idées les plus baroques et les plus incohérentes.

Un geste de Noël Dorgeroux me tira de ma stupeur : il avait ramené le rideau devant l'écran.

Alors je saisis mon oncle par les deux mains avec véhémence, et je lui dis :

« Qu'est-ce que tout cela signifie? Il y a de quoi

devenir fou. Quelle explication pouvez-vous donner?... »

Il prononça simplement :

« Aucune explication.

— Cependant... cependant... vous m'avez amené ici...

— Oui, pour que tu voies également, et pour être sûr que mes yeux ne m'avaient pas trompé.

— Par conséquent, mon oncle, d'autres spectacles se sont déroulés devant vous, dans ce même cadre?

— Oui, d'autres spectacles... trois fois déjà...

— Lesquels? Vous est-il possible de préciser?

— Certes, ce que j'ai vu hier, par exemple.

— Quoi, mon oncle? »

Il me repoussa légèrement, et me regarda sans répondre d'abord. Puis, à la fin, d'un ton très bas, avec une conviction réfléchie, il articula :

« La bataille de Trafalgar. »

Je me demandai s'il ne se moquait pas de moi. Mais, outre que Noël Dorgeroux était peu enclin à l'ironie, ce n'est pas en un tel instant qu'il se fût départi de sa gravité habituelle. Non, il parlait sérieusement, et la phrase me sembla tout à coup si cocasse que j'éclatai de rire.

« Trafalgar!... Ne m'en veuillez pas, mon oncle... C'est si drôle!... La bataille de Trafalgar qui a eu lieu en 1805! »

Il m'observa de nouveau profondément.

« Pourquoi ris-tu? fit-il.

— Mon Dieu, je ris... je ris... parce que... avouez-le... »

Il m'interrompit.

« Tu ris pour des raisons très simples, Victorien, et que je vais t'exposer brièvement. D'abord, tu es nerveux, inquiet, et ta gaieté est surtout une réaction. Mais, en outre, le spectacle de cette scène affreuse était à un tel point, comment dirai-je?... à un tel point authentique que tu l'as considérée malgré toi, non pas comme une reconstitution du meurtre, mais comme le meurtre même de Miss Cavell. Est-ce vrai?

— Peut-être, en effet, mon oncle...

— C'est-à-dire que ce meurtre, et que toutes les infamies qui l'ont accompagné, auraient été, n'hésitons pas devant le mot, auraient été cinématographiés par quelque témoin invisible de qui je tiendrais ce précieux film; et mon invention consisterait tout uniment à faire apparaître le film dans l'épaisseur d'une couche gélatineuse quelconque. Belle découverte, mais découverte acceptable. Nous sommes toujours d'accord?

— Oui, en effet, mon oncle.

— Mais voilà que je prétends bien autre chose! Je prétends avoir assisté à une évocation de la bataille de Trafalgar! Les frégates anglaises et françaises auraient coulé devant moi! J'aurais vu mourir Nelson, attaché au pied de son mât! Alors, n'est-ce pas, tout change d'aspect. En 1805, pas de film. Donc, il ne peut s'agir que d'une parodie grotesque. Sur quoi toute ton émotion s'en va. Mon prestige s'évanouit. Et tu ris! Je ne suis plus pour toi qu'un vieux charlatan qui, au lieu de t'exposer humblement sa curieuse découverte, essaie par surcroît de te faire prendre des vessies pour des lanternes! Un farceur, quoi! »

Nous nous étions éloignés du mur, et nous marchions vers la porte du jardin. Le soleil s'enfonçait dans les collines lointaines. Je m'arrêtai, et je dis à Noël Dorgeroux :

« Pardonnez-moi, mon oncle, et ne croyez pas que je manque jamais au respect que je vous dois. Il n'y a rien dans ma gaieté qui puisse vous froisser, rien qui vous permette de croire que je soupçonne votre sincérité absolue.

— Alors, que penses-tu? Quelle est ta conclusion?

— Je ne pense pas, mon oncle. Je n'arrive à aucune conclusion, et n'en cherche même point actuellement. Je suis désorienté, anxieux, à la fois ébloui et mécontent, comme si je pressentais que l'énigme est d'autant plus merveilleuse qu'elle est et qu'elle restera toujours insoluble. »

Nous entrions dans le jardin. Ce fut à son tour de m'arrêter.

« Insoluble! C'est bien ton avis?

— Oui, pour l'instant.

— Tu n'imagines aucune hypothèse?

— Aucune.

— Tu as bien vu cependant? Tu ne doutes pas?

— J'ai bien vu. J'ai vu d'abord trois yeux étranges qui nous regardaient, puis un spectacle qui était l'assassinat de Miss Cavell. Voilà ce que j'ai vu, comme vous-même, mon oncle, et je ne doute pas une seconde du témoignage irrécusable de mes yeux. »

Il me tendit la main.

« C'est ce que je voulais savoir, mon ami, et je te remercie. »

Tel est le compte rendu fidèle de cet après-midi. Il se termina, le soir, par un dîner qui nous réunit tous deux seuls, Bérangère nous ayant fait dire qu'elle était souffrante et ne quitterait pas sa chambre. Mon oncle, très absorbé, ne prononça pas une parole qui fût relative aux événements de l'Enclos.

Je dormis à peine, obsédé par le souvenir de ce que j'avais vu, et tourmenté par vingt hypothèses dont il est inutile que je fasse mention, puisque aucune d'elles n'avait la moindre valeur.

Le lendemain, Bérangère ne descendit point. A table, même mutisme chez mon oncle. Plusieurs questions que je lui posai demeurèrent sans réponse.

Ma curiosité était trop vive pour que mon oncle pût ainsi se débarrasser de moi. Avant qu'il fût dehors, je me postai dans le jardin. A cinq heures seulement, il monta vers l'Enclos.

« Je vous accompagne, mon oncle? » fis-je hardiment.

Il grogna sans acquiescer à ma demande et sans la repousser. Je le suivis. Il traversa l'Enclos et s'enferma dans son atelier principal d'où il ne sortit que plus d'une heure après.

« Ah! te voilà », dit-il, comme s'il avait ignoré ma présence.

Il se dirigea vers le mur et, rapidement, tira le rideau. A cette minute, il me pria de retourner jusqu'à l'atelier et d'y prendre je ne sais trop quoi qu'il y avait oublié. Quand je revins, il me dit avec agitation :

« C'est fini... c'est fini...

— Quoi, mon oncle?

— Les Yeux, les Trois Yeux...

— Ah! vous les avez vus?

— Oui... et je ne puis croire... non, évidemment, c'est une illusion de ma part... Comment serait-ce possible, d'ailleurs? Figure-toi que ces yeux avaient l'expression des yeux de mon fils mort... oui l'expression même de mon pauvre Dominique... N'est-ce-pas, c'est de la folie?... Et cependant, j'affirme... oui, j'affirme que Dominique me regardait... et d'un regard triste et douloureux d'abord, qui tout à coup est devenu le regard épouvanté d'un homme qui voit la mort. Et puis, les Trois Yeux ont commencé à tourner sur eux-mêmes. C'était la fin... »

Je forçai Noël Dorgeroux à s'asseoir.

« Comme vous le supposez, mon oncle, c'est une illusion... une hallucination... Pensez donc, Dominique est mort depuis tant d'années! Il est donc inadmissible...

— Tout est inadmissible et rien ne l'est, fit-il. Il n'y a pas de logique humaine en face de ce mur. »

J'essayai de le raisonner, bien que ma raison s'effarât comme la sienne. Mais il ordonna :

« Tais-toi. C'est l'autre chose maintenant... »

Il me montrait l'écran qui s'animait d'un spectacle nouveau.

« Mon oncle, suppliai-je, déjà vaincu par l'émotion, mon oncle, d'où cela vient-il?

— Tais-toi, reprit Noël Dorgeroux... Pas une parole ne doit être prononcée. »

Tout de suite je notai que cette autre chose n'avait point de rapport avec celle que j'avais contemplée la veille, et j'en conclus que les visions offertes devaient se dérouler sans ordre préconçu, sans aucune liaison d'époque ou de sujet, bref comme les différents films qui tournent au cours d'une séance.

C'était le tableau d'une petite ville que l'on eût aperçue d'une hauteur voisine. Un château et le clocher d'une église en surgissaient. Elle était bâtie au flanc de plusieurs collines, et à l'intersection des vallées qui s'y rejoignaient parmi des amas de grands arbres en feuilles.

Plus proche, soudain, elle s'élargit. Les collines environnantes disparurent, et l'écran fut tout entier rempli d'une foule grouillante et gesticulante qui entourait un espace libre au-dessus duquel planait, retenu par des cordages, un ballon. Suspendu à ce ballon, un récipient servait probablement à la formation du gaz. Des hommes sortaient de tous côtés. Deux d'entre eux escaladèrent une échelle dont l'extrémité supérieure s'appuyait au bord d'une nacelle. Et, tout cela, l'aspect du ballon, la forme des ustensiles employés, la manière de produire du gaz, le costume des gens, avait un air d'autrefois qui me frappa.

« Les frères Montgolfier », murmura mon oncle...

Ces quelques mots fixèrent mon esprit. Je me rappelai de vieilles estampes qui évoquaient cette première ascension de l'homme vers le ciel, accomplie au mois de juin 1783. C'était à ce prodigieux événement que nous assistions. Ou, du moins, n'est-ce-pas? à une reconstitution de cet événement, reconstitution effectuée précisément d'après ces vieilles estampes, avec un aérostat copié sur le modèle, avec des costumes de l'époque, et sans doute aussi le cadre même de la petite ville d'Annonay...

Mais, comment se faisait-il alors qu'il y eût une pareille multitude de citadins et de paysans? Aucun rapport ne pouvait s'établir entre le nombre habituel de ceux qui figurent dans une scène de cinéma et la foule incroyablement serrée que je voyais vivre sous mes yeux. Cette foule, on ne la retrouve que sur les images où l'objectif l'a captée directement, aux jours de fête, aux défilés des troupes, au passage des rois.

Cependant, les remous qui agitaient celle-ci comme des vagues se calmèrent soudain. J'eus l'impression d'un grand silence et d'une attente anxieuse. Rapidement, à l'aide de haches, des hommes s'attaquaient aux cordages. Etienne et Joseph Montgolfier se découvrirent.

Et voici que le ballon monta.

La foule leva les bras et une immense clameur emplit l'espace.

Un instant, l'écran nous montra les deux frères, seuls et agrandis. Le buste hors de la nacelle, enlacés, deux de leurs mains jointes, ils semblaient prier d'un air d'extase et de joie grave.

Lentement, l'ascension continua. Et il se passa ceci de tout à fait inexplicable, que ce ballon, qui s'élevait au-dessus de la petite ville et des collines environnantes, ne nous apparut pas, à mon oncle et à moi, comme un objet que l'on voit de plus en plus par le dessous. Non, ce fut la petite ville et les collines avoisinantes qui s'abaissèrent, et qui, en s'abaissant, nous prouvèrent que le ballon montait. Mais, phénomène contraire à toute logique, nous restions au même niveau que lui, ses proportions demeuraient les mêmes, et les deux frères se dressaient face à nous, *exactement comme si la photographie eût été prise de la nacelle d'un second ballon, s'élevant en même temps que le premier, par un mouvement exactement et mathématiquement identique!*

La vision ne s'acheva pas. Ou, plutôt, elle se transforma suivant le procédé du cinéma qui substitue une image à une image en les fondant ensemble d'abord. Insensiblement, alors qu'elle se trouvait peut-être à cinq cents mètres du sol, la montgolfière devint moins nette, et ses lignes indécises, amollies, se mêlaient peu à peu aux lignes de plus en plus vigoureuses d'une autre silhouette qui prit bientôt toute la place et qui était celle d'un avion de guerre.

Plusieurs fois, depuis, j'ai vu sur l'écran mystérieux de doubles scènes dont la deuxième complétait la première, — diptyque par où se montrait la volonté manifeste de dégager une leçon en rapprochant, à travers l'espace et le temps, deux événements qui acquéraient ainsi leur signification totale. Cette fois, l'enseignement était clair : ma pacifique montgolfière avait abouti à l'avion meurtrier. D'abord, l'ascension d'Annonay. Puis, un combat en plein ciel... combat du monoplan que j'avais vu se dégager de l'antique ballon et d'un biplan vers lequel je m'aperçus qu'il fonçait ainsi qu'un oiseau de proie.

Mensonge? Truquage? Car, enfin, là aussi, on voyait les deux avions, non pas normalement par en dessous, *mais comme si l'on eût été à leur hauteur et qu'on se fût déplacé en même temps qu'eux.* Et alors, fallait-il admettre qu'un opérateur, posté sur un troisième appareil, s'occupât tranquillement à « tourner » les péripéties de l'effroyable lutte? Non, n'est-ce-pas?

Mais, à quoi bon recommencer de perpétuelles suppositions? Pourquoi mettre en doute le témoignage irrécusable de mes yeux et nier ce qui ne peut être nié? Des avions *réels* évoluaient devant moi. Un combat *réel* avait lieu dans les profondeurs de la vieille muraille.

Il ne fut pas long. L'homme qui était seul attaquait hardiment. Plusieurs fois, sa mitrailleuse étincela. Puis, pour éviter les balles de l'ennemi, coup sur coup, il fit deux cabrioles, qui toutes deux placèrent son avion de telle sorte que je distinguai sur la toile les trois cercles concentriques des appareils français. Enfin, de plus près, et sa nouvelle attaque se produisant dans le dos des adversaires, il reprit sa mitrailleuse.

Le biplan boche — je notai la croix de fer — piqua droit vers le sol et se redressa. Sous leurs fourrures et leurs masques, les deux hommes semblaient se cramponner. Une troisième attaque à la mitrailleuse. Le pilote leva les bras. L'appareil capota. Ce fut la chute.

Je la vis, cette chute, de la façon la plus incompréhensible. Je la vis naturelle, d'abord, rapide comme un éclair. Et je la vis ensuite infiniment lente, arrêtée même, l'appareil à l'envers, et les deux corps, *immobiles, la tête en bas, les bras écartés.*

Puis, le sol se rapprocha avec une vitesse vertigineuse, campagnes dévastées et trouées, où pullulaient mille et mille poilus de France.

Au bord d'une rivière, le biplan s'abattit. Dans l'amas informe du fuselage et des ailes brisées, trois jambes apparaissaient.

Et, presque aussitôt, l'avion français vint atterrir, à peu de distance. Le vainqueur en descendit, écarta la foule des soldats accourus de toutes parts, puis, ayant avancé de quelques pas vers sa proie inerte, se démasqua et fit le signe de la croix.

« Oh! murmurai-je, c'est effrayant... Quel mystère! »

A ce moment, je m'aperçus que Noël Dorgeroux était à genoux, le visage bouleversé par l'émotion.

« Qu'y a-t-il, mon oncle? »

Il bégaya, en tendant vers la muraille ses mains jointes et tremblantes :

« Dominique! je reconnais mon fils!... c'est lui... Oh! j'ai peur!... »

Moi aussi, en présence du vainqueur, je retrouvais dans ma mémoire l'image effacée de mon pauvre cousin.

« C'est lui! continuait mon oncle. Je ne m'étais pas trompé... l'expression des Trois Yeux... oh! je ne veux pas voir... j'ai peur!

— Peur de quoi, mon oncle?

— Ils vont le tuer... le tuer en face de moi, le

tuer comme ils l'ont tué... Dominique! Dominique! prends garde! »

Je ne criai point : quel cri celui qui allait mourir là pouvait-il entendre? Mais le même effroi me précipita à terre et me fit joindre les mains. Devant nous, de dessous l'amas informe, parmi les débris accumulés, quelque chose surgissait, le buste vacillant d'une des victimes. Un bras se tendit, armé d'un revolver. Le vainqueur se jeta de côté. Trop tard. Frappé en plein visage, il pirouetta sur lui-même et s'en vint tomber contre le cadavre de son assassin.

Le drame était fini.

A quelques pas de moi, courbé en deux, mon oncle sanglotait.

Il avait assisté à la mort réelle de son fils, assassiné pendant la guerre par un aviateur allemand!

V

LE BAISER

Bérangère, le lendemain, reprit sa place à table, un peu pâle et le visage plus grave qu'à l'ordinaire. Mon oncle, qui ne s'était pas occupé d'elle depuis deux jours, l'embrassa distraitement. On déjeuna sans échanger une parole. A la fin seulement, il dit à sa filleule :

« Eh bien, petite, tu ne t'es pas ressentie de ta chute?

— Ma foi, non, parrain, et je regrette d'autant plus de n'avoir pu voir avec vous... ce que vous avez vu là-haut avant-hier et hier. Vous y allez tantôt, parrain?

— J'y vais, mais seul. »

Cela fut dit d'un ton tranchant qui n'admettait pas de réplique. Mon oncle m'observa. Je ne bronchai pas.

Le déjeuner se termina dans un silence embarrassé. Au moment de sortir, Noël Dorgeroux revint vers moi et me dit :

« Tu n'as rien perdu dans l'Enclos?

— Mais non, mon oncle. Pourquoi cette question?

— Parce que, dit-il en hésitant un peu, parce que j'ai trouvé par terre, devant le mur même, ceci. »

Il me tendit un verre de lorgnon.

« Je vous rappellerai, mon oncle, fis-je en riant, que je ne porte ni binocle, ni lunettes.

— Et moi non plus, affirma Bérangère.

— Evidemment... évidemment... repartit Noël Dorgeroux, d'un ton soucieux. Mais, néanmoins, quelqu'un est venu. Et vous admettrez, n'est-ce pas, mon inquiétude?... »

Dans l'espoir qu'il parlerait, je poursuivis :

« Qu'est-ce qui vous inquiète, mon oncle? Tout au plus, aura-t-on pu assister aux visions produites sur l'écran, ce qui ne suffit pas, il me semble, pour que le secret de votre découverte vous soit dérobé. Pensez donc que moi-même, qui vous accompagnais, je ne suis guère plus avancé... »

Je sentis qu'il ne me répondrait pas et que mon insistance l'importunait. Cela m'agaça.

« Ecoutez, mon oncle, quelles que soient les raisons de votre conduite, vous n'avez pas le droit de vous défier de moi, et je vous demande, je vous supplie de me donner quelques explications. Oui, je vous en supplie, car je ne puis rester ainsi dans une telle incertitude. Voyons, mon oncle, est-ce réellement votre fils que vous avez vu mourir? Ou bien nous a-t-on présenté une vision factice de sa mort? Et puis, qui serait-ce enfin ce « on » invisible et tout-puissant qui fait se succéder ces fantasmagories au creux de l'incroyable lanterne magique? Que de problèmes! Que de questions inconciliables! Tenez, cette nuit, durant une longue insomnie, j'imaginais... hypothèse absurde, je le sais, mais tout de même, il faut chercher... Eh bien, je me rappelais que vous aviez parlé à Bérangère d'une certaine force intérieure qui rayonnait de nous et qui dégageait ce que vous auriez appelé le rayon B, du nom de votre filleule. Et alors, ne pourrait-on supposer qu'en l'occurrence, cette force émanée, mon oncle, de votre propre cerveau, que hantait une vague similitude entre le regard des Trois Yeux et le regard de votre fils, que cette force aurait projeté dans la matière vivante du mur la scène qui s'évoquait en vous? N'est-ce pas, cet écran que vous avez recouvert d'une certaine substance enregistrerait les pensées comme une plaque sensible, animée par la lumière, enregistre les lignes et les formes?... Et alors... et alors... »

Je m'interrompis. Au fur et à mesure que j'émettais des mots, ils me paraissaient dépourvus de tout sens. Mon oncle semblait pourtant les écouter avec quelque bienveillance, et même attendre ceux que j'allais prononcer. Mais je ne savais que lui dire. J'étais arrivé tout de suite au bout de mon discours, et, bien que je fisse en moi de grands efforts pour retenir Noël Dorgeroux par de nouveaux arguments, je sentais qu'aucune parole ne pouvait plus être prononcée entre nous qui touchât à ce sujet.

De fait, mon oncle se retira sans avoir répondu à une seule de mes interrogations. Par la fenêtre, je l'aperçus qui traversait le jardin.

J'eus un geste de courroux, et m'écriai devant Bérangère :

« Ah! non, j'en ai assez! Je ne vais cependant pas m'épuiser à comprendre une découverte qui n'en est même pas une, après tout! car enfin, en quoi consiste-t-elle? Malgré toute ma vénération pour Noël-Dorgeroux, comment ne pas douter qu'il n'y ait là, plutôt qu'une véritable découverte, une façon stupéfiante de faire illusion, de mêler ce qui n'est pas à ce qui est, et de donner une apparence à ce qui n'en a point. A moins que... Mais est-ce qu'on sait quelque chose? Est-ce qu'il est possible seulement d'exprimer une opinion? C'est un océan de mystère, et, par là-dessus, des montagnes de brume qui descendent et qui vous étouffent!... »

Ma mauvaise humeur se tourna subitement vers Bérangère. Elle m'avait écouté d'un air de blâme, fâchée peut-être que je m'en prisse à son parrain, et elle se glissait du côté de la sortie. Je l'arrêtai au passage, et, dans un accès de dépit contraire à ma nature, mais que justifiaient les circonstances, je l'apostrophai :

« Pourquoi t'en vas-tu? Et pourquoi m'éviter toujours comme tu le fais? Parle, que diable! Tu t'enfermes aussi dans un silence impénétrable, et depuis des mois, toi! Que me reproches-tu? Oui, je sais, ce mouvement irréfléchi, l'autre jour... Mais crois-tu que j'aurais agi de la sorte si tu ne restais éternellement sur cette réserve farouche? Enfin, quoi, je t'ai vue toute gosse, je t'ai fait sauter à la corde, tu n'étais qu'une fillette insignifiante! Alors, comment se fait-il que maintenant je sois obligé de te considérer comme une femme?... et de sentir que tu es une femme?... et qui me remue jusqu'au fond du cœur... »

Dressée contre la porte, elle me regardait avec un sourire indéfinissable, où il y avait de l'ironie, mais nulle provocation et point de coquetterie. Pour la première fois, je me rendis compte que ses prunelles, que je croyais grises, étaient striées de vert et comme pailletées de points d'or. Et, en même temps, l'expression de ses grands yeux, si clairs et si limpides cependant, me semblait la chose du monde la plus incompréhensible. Que se passait-il au fond de cette eau transparente? Et pourquoi ma pensée rapprochait-elle l'énigme de ses yeux et l'énigme effarante que m'avaient posée les Trois Yeux géométriques?

Cependant, le souvenir de la caresse volée inclinait mon regard vers ses lèvres rouges. Son visage s'empourpra. C'était là une insulte qui l'exaspérait.

« Laissez-moi!... Allez-vous-en! » ordonna-t-elle, toute vibrante de colère et de honte.

Impuissante, captive, elle baissa la tête et mordit ses lèvres pour que je ne pusse les voir. Puis, comme je tentais de lui saisir les mains, elle s'arc-bouta contre ma poitrine de toute la force de ses bras tendus, et me repoussa en criant :

« Vous n'êtes qu'un lâche! Allez-vous-en! Je vous méprise. Je vous hais. »

Sa révolte me rendit mon sang-froid. J'eus honte de ce que j'avais fait, et, m'effaçant devant elle, je lui ouvris la porte et lui dis :

« Je te demande pardon, Bérangère. Ne m'en veux pas trop, et sois certaine que tu n'auras plus à te plaindre de moi. »

Je le répète une fois encore, l'histoire des Trois Yeux est intimement liée aux détails mêmes de mon amour, et non point seulement dans le souvenir que j'en ai gardé, mais aussi dans la réalité des faits. Si l'énigme par elle-même reste en dehors, et peut être envisagée sous son seul aspect de phénomène scientifique, il est impossible de dire comment l'humanité en eut connaissance et fut mise en contact immédiat avec elle, sans révéler en même temps les péripéties de l'aventure sentimentale. Enigme et aventure, au point de vue qui nous intéresse, sont parties intégrantes du même ensemble. Le récit doit en être parallèle.

Sur le moment, quelque peu déçu par l'une et par l'autre, je résolus de m'arracher à cette double préoccupation, et de laisser mon oncle à ses inventions et Bérangère à son humeur farouche.

Du côté de Noël Dorgeroux, je n'y eus pas trop de peine. Une série de mauvais jours se succédèrent. La pluie l'enfermait dans sa chambre ou dans ses laboratoires, et les images de l'écran s'effaçaient de mon esprit comme des visions diaboliques auxquelles la raison ne consent pas à se soumettre. Je ne voulais pas y penser, je n'y pensais guère.

Mais le charme de Bérangère s'infiltrait en moi malgré toute la bonne foi que j'apportais dans cette lutte quotidienne. Peu habitué aux embûches de l'amour, j'étais une proie facile, incapable de se défendre. La voix de Bérangère, son rire, son silence, sa rêverie, son attitude, son parfum, la couleur de ses cheveux, autant de motifs pour m'exalter, me réjouir, souffrir et désespérer. Par la brèche ouverte en mon âme d'universitaire, qui n'avait guère connu que les joies de l'étude, se précipitaient tous les sentiments qui font les délices et le mal de l'amour, toutes les émotions du désir, de la haine, de la tendresse, de la crainte, de l'espoir... et celles de la jalousie.

C'est un matin, au cours d'une promenade dans

les bois de Meudon, par un temps plus clair et un ciel rasséréné, que j'aperçus Bérangère en compagnie d'un homme. Arrêtés à l'angle de deux routes, ils causaient avec animation. L'homme me faisait face. Je vis ce qu'on appelle un bellâtre, face régulière, barbe noire étalée en éventail, large sourire qui découvrait les dents. Il portait un lorgnon.

Comme j'approchais, Bérangère entendit le bruit de mes pas et se retourna. Son attitude marqua de l'hésitation et de l'embarras. Mais aussitôt, elle tendit le doigt vers l'une des deux routes, comme si elle eût indiqué une direction. L'individu salua et s'éloigna. Bérangère, m'ayant rejoint, expliqua sans trop de gêne :

« C'est un monsieur qui me demandait son chemin. »

J'objectai :

« Mais tu le connais, Bérangère?

— C'est la première fois que je le vois.

— Est-ce possible? Vous parliez cependant d'une façon... Voyons, Bérangère, tu serais disposée à faire le serment?... »

Elle eut un haut-le-corps.

« Hein! Mais je n'ai pas de serment à vous faire. Je ne vous dois aucun compte.

— En ce cas, pourquoi m'as-tu dit que ce monsieur se renseignait auprès de toi? Je ne t'interrogeais pas.

— J'agis comme il me plaît », prononça-t-elle sèchement.

Néanmoins, quand nous fûmes arrivés au Logis, elle se ravisa et déclara :

« Après tout, si cela vous est agréable, je puis vous jurer que je voyais ce monsieur pour la première fois et que je n'avais jamais entendu parler de lui. J'ignore même son nom.

— Un mot encore, lui dis-je. As-tu remarqué que ce monsieur portait un lorgnon?

— Ah! fit-elle avec étonnement... Eh bien... qu'est-ce que cela prouve?

— Rappelle-toi que ton oncle a trouvé un verre de lorgnon devant le mur de l'Enclos. »

Elle réfléchit, puis haussa les épaules.

« Simple coïncidence... Pourquoi voulez-vous lier les deux faits l'un à l'autre? »

Bérangère avait raison, et je ne m'obstinai point. Cependant, et bien qu'elle m'eût répondu sur un ton de franchise indiscutable, la scène me laissa inquiet et soupçonneux. Je n'admettais pas qu'il eût pu s'établir un colloque aussi animé entre elle et un individu qui lui eût été totalement étranger et qui se fût contenté de lui demander le bon chemin. L'homme avait belle allure. Je souffris.

Le soir, Bérangère demeura taciturne. Il me sembla qu'elle avait pleuré. Par contre, mon oncle, qui descendait de l'Enclos, se montra exubérant et joyeux, et je sentis plusieurs fois qu'il était sur le point de se confier à moi. Avait-il acquis sur son invention des lumières nouvelles?

Le lendemain, même allégresse. Il nous dit :

« La vie est belle, par moments. »

Et il nous quitta en se frottant les mains.

Tout ce début d'après-midi, Bérangère le passa sur un banc du jardin où, de ma chambre, je la voyais immobile et soucieuse.

Vers quatre heures, elle revint au Logis, traversa le vestibule et sortit.

Une demi-minute après elle, je sortais également.

La rue qui longeait la maison tournait et longeait aussi, vers la gauche, le jardin de l'Enclos, tandis que, sur la droite, la propriété était bordée d'une ruelle resserrée qui se perdait plus loin dans des prairies et des carrières abandonnées. Bérangère allait souvent par là, et je me rendis compte tout de suite, à sa démarche lente, qu'elle n'avait d'autre intention que de se promener au hasard de sa rêverie.

Elle n'avait point mis de chapeau. Le soleil luisait dans sa chevelure nue. Elle choisissait les pierres où poser ses pieds pour ne pas se salir à la boue du chemin.

Il y avait, contre la clôture de l'Enclos, formée en cet endroit d'une forte palissade de madriers, un vieux réverbère hors d'usage qui tenait à la palissade par des crampons de fer. Bérangère s'arrêta là, subitement, sous l'action évidente d'une idée qui, je l'avoue, m'avait déjà plusieurs fois assiégé moi-même, et à laquelle j'avais eu le courage de résister, peut-être parce que le moyen de la mettre à exécution ne m'était pas apparu.

Bérangère le vit, elle, ce moyen. Il s'agissait d'escalader la palissade en se servant du réverbère, de pénétrer dans l'Enclos à l'insu de mon oncle, et de lui dérober un de ces spectacles qu'il gardait si jalousement pour lui.

Elle s'y décida sans hésiter, et, quand elle eut franchi la clôture, je n'eus pas non plus la moindre hésitation à suivre son exemple. J'étais dans un état d'esprit où l'on ne s'embarrasse guère de vains scrupules, et il n'y avait pas plus d'indélicatesse à satisfaire sa curiosité légitime, qu'il n'y en avait à espionner les actes de la jeune fille. A mon tour, je passai.

Mes scrupules revinrent quand je me trouvai de l'autre côté, face à face avec Bérangère, qui avait eu quelque peine à descendre. Assez penaud, je lui dis :

« Ce que nous faisons là n'est pas très joli, Bérangère, et je suppose que tu vas renoncer... »

Elle se mit à rire.

« Renoncez-y. Moi, je continue mon expédition. Tant pis pour parrain, s'il se défie de nous. »

Je n'essayai point de la retenir. Elle s'engagea doucement entre les deux hangars les plus proches. Je la suivis de près.

Nous nous glissâmes ainsi au bout du terrain découvert qui occupait le milieu de l'Enclos, et nous aperçûmes Noël Dorgeroux qui se tenait debout contre l'écran. Il n'avait pas encore écarté le rideau de serge noire.

Bérangère murmura :

« Tenez... là-bas... ce tas de bois revêtu d'une bâche... Nous serons très bien derrière.

— Mais si mon oncle se retourne, tandis que nous traversons?

— Il ne se retournera pas. »

Elle se risqua la première, et je la rejoignis sans encombre. Nous étions à douze mètres au plus de l'écran.

« Ce que mon cœur bat! dit Bérangère. Je n'ai rien vu, moi!... rien que ces sortes d'yeux... et il y a bien d'autres choses, n'est-ce pas? »

Notre refuge était formé par deux piles de petites planches courtes, entre lesquelles il y avait des sacs de sable. Nous nous assîmes là, dans une position qui nous serrait l'un contre l'autre. Cependant, Bérangère demeurait aussi distante, et, moi, je ne me souciais alors que des gestes de mon oncle.

Il avait sa montre à la main, et la consultait de temps à autre, comme s'il eût attendu une heure fixée par lui d'avance. Et cette heure arriva. Le rideau grinça sur sa tringle de métal. L'écran fut découvert.

De notre place, vous voyions la surface nue aussi bien que mon oncle la pouvait voir, puisque l'intervalle qui nous en séparait n'égalait pas, à beaucoup près, la longueur d'une salle ordinaire de cinéma. Aussi, les premières lignes qui se dessinèrent furent-elles pour nous d'un absolue netteté. C'étaient les lignes des trois figures géométriques que je connaissais si bien. Mêmes proportions, même disposition, même impassibilité, suivie de cette même palpitation tout intérieure qui, peu à peu, les animait et les rendait vivantes.

« Oui, oui, murmura Bérangère, mon parrain me l'a dit un jour : ils vivent, les Trois Yeux.

— Ils vivent, affirmai-je, et ils ont un regard. Considère les deux yeux du bas seulement, considère-les comme de vrais yeux, et tu distingueras qu'ils en ont vraiment l'expression... Tiens, ils sourient en ce moment.

— En effet... en effet... ils sourient.

— Et comme ils ont l'air tendre et doux, maintenant... un peu grave aussi... Oh! Bérangère, est-ce possible?

— Qu'y a-t-il?

— Ils ont ton expression, Bérangère... ils ont ton expression...

— Que dites-vous? c'est absurde.

— L'expression même de tes yeux... Tu ne la connais pas, toi... Mais, moi, je la connais... S'ils ne m'ont jamais regardé ainsi, tout de même ce sont tes yeux qui sont là... c'est leur expression, leur charme... Je le sais bien, puisque ceux-là me bouleversent... comme les tiens, Bérangère. »

Mais la fin approchait. Les trois figures géométriques se mirent à tourner ensemble du même mouvement vertigineux qui les réduisait en un disque confus et bientôt effacé.

Bérangère s'était penchée, le buste en dehors de notre refuge, le visage empreint d'émotion. Entre mes deux mains, je saisis sa tête et la tournai vers moi.

« Tes yeux... tes yeux, balbutiai-je... comment douter? C'est comme cela que tu regardes, Bérangère. »

Oui, elle regardait de la même façon, et pouvais-je, dès lors, ne pas me souvenir qu'Edith Cavell nous avait regardés, Noël Dorgeroux et moi, à travers les trois yeux étranges, et que Noël Dorgeroux avait également reconnu le regard de son fils avant que son fils lui-même ne lui apparût? En ce cas... en ce cas... devait-on supposer que chacun des films (pourquoi se servir d'un autre mot?) était précédé *par la vision fabuleuse de trois figures géométriques où se retrouvait, captif et palpitant, le regard même d'un des êtres qui allaient vivre sur l'écran?*

Supposition insensée, comme toutes celles que je faisais! Je rougis de la transcrire ici. Alors, quoi, les trois figures géométriques, c'est une marque de cinéma? la marque des « Trois Yeux »? Stupidité! Folie! Et pourtant...

« Ah! fit Bérangère, en se dégageant, je n'aurais pas dû venir. Tout cela m'étouffe. Pouvez-vous m'expliquer?...

— Rien, Bérangère. Moi aussi, cela m'étouffe. Veux-tu partir?

— Non, non, dit-elle en se penchant davantage. Non... je veux voir... »

Et nous vîmes. Et, en même temps qu'une exclamation sourde nous échappait, nous aperçûmes Noël Dorgeroux qui faisait lentement un grand signe de croix.

En face de lui, au milieu de l'espace magique ouvert dans le mur, c'était lui-même, maintenant, qui se dressait, non pas comme un fantôme inconstant et fragile, mais comme un être en pleine action et en pleine vie. Oui, Noël Dorgeroux allait et venait devant nous et devant lui, coiffé de sa calotte habituelle, vêtu de sa longue redingote. Et le cadre où il évoluait n'était autre que l'Enclos, l'Enclos avec ses hangars, ses ateliers, son désordre, ses tas de ferraille, ses piles de bois, ses rangées de barriques, et son mur, et le rectangle du rideau de serge!

Tout de suite, ce détail, je le notai : le rideau de serge recouvrait hermétiquement l'espace magique. En conséquence, impossible d'imaginer que cette scène-là, tout au moins, eût été enregistrée, absorbée par l'écran, lequel, à la minute actuelle, l'aurait extraite de sa propre substance pour nous en donner le spectacle! Impossible, puisque Noël Dorgeroux tournait le dos au mur. Impossible, puisqu'on apercevait ce mur lui-même et la porte du jardin, que cette porte fut ouverte, et, qu'à mon tour, je pénétrai dans l'Enclos.

« Vous! C'est vous! balbutia Bérangère.

— C'est moi, le jour où mon oncle m'avait donné rendez-vous, le jour de ma première vision », répondis-je, stupéfait.

A ce moment, *sur l'écran,* Noël Dorgeroux me faisait signe du seuil de son atelier. Nous y entrâmes ensemble. L'Enclos resta vide, puis, après une éclipse qui ne dura qu'une ou deux secondes, le même décor se dessina, la petite porte du jardin se rouvrit, et Bérangère passa la tête par l'entrebâillement, toute souriante.

Elle eut l'air de dire :

« Personne... ils sont donc dans le bureau... Ma foi, je me risque... »

Et elle se faufila le long du mur, vers le rideau de serge.

Tout cela se précipitait sans aucune des vibrations du cinéma, et d'une façon si nette et si claire que je suivais les images, non pas comme les évolutions d'un fait évanoui dans le temps, mais comme le reflet dans un miroir d'une scène dont nous aurions été les acteurs immédiats. Pour dire vrai, j'étais confondu de me voir là-bas et de me sentir où j'étais. Il y avait en cela un dédoublement de personnalité qui faisait vaciller ma raison.

« Victorien, me dit Bérangère d'une voix à peine perceptible, vous allez sortir de l'atelier avec votre oncle... comme l'autre jour, n'est-ce pas?

— Oui, affirmai-je, les minutes de cet autre jour recommencent. »

Les minutes, en effet, recommencèrent. Nous voici, mon oncle et moi qui sortons de l'atelier. Voici Bérangère, surprise, qui se sauve en riant. La voilà qui escalade une planche tendue entre deux tonneaux, et qui danse, si gracieuse et si légère! Et puis, comme l'autre fois, la chute. Je m'élance, l'enlève, l'emporte et la dépose sur un banc. Ses bras m'enlacent, nos visages se touchent presque. Et, comme l'autre fois, doucement d'abord, puis avec une violence brutale, voici que je lui baise la bouche. Et, comme l'autre fois, elle se dresse, tandis que je me tiens courbé devant elle.

Ah! comme je me souviens de tout cela! Je me souviens et je me vois. Je me vois là-bas, sur l'écran, courbé, n'osant pas lever la tête, et je revois là-bas, Bérangère, debout, honteuse, frémissante, indignée...

Indignée? Semble-t-elle réellement indignée? Mais, alors, pourquoi son cher visage, celui de l'écran, montre-t-il tant d'indulgence et de douceur? Pourquoi sourit-elle avec cette expression de joie indicible? Oui, de joie, je l'affirme. Là-bas, dans l'espace magique où revit la minute émouvante, il y a, audessus de moi, une forme heureuse qui me regarde avec de la joie et de la tendresse, et qui me regarde ainsi parce qu'elle sait que je ne la vois pas, et parce qu'elle ne peut pas savoir qu'un jour je la verrai...

« Bérangère... Bérangère... »

Mais soudain, tandis que l'adorable vision continue là-bas, un voile recouvre mes yeux. Bérangère s'est retournée vers moi, et a posé ses deux mains sur ma figure en murmurant :

« Ne regardez pas... je vous défends... et puis ce n'est pas vrai... Elle a menti, cette femme-là... ce n'est pas moi... Non, non, je ne vous ai pas regardé ainsi... »

Peu à peu sa voix faiblit. Ses mains retombent. Et, toute défaillante, elle se laisse aller contre mon épaule, doucement et silencieusement.

Dix minutes plus tard, je m'en retournais seul, Bérangère m'ayant quitté sans un mot, après son geste d'abandon si imprévu.

Le lendemain matin, je recevais un télégramme du recteur, qui m'appelait à Grenoble.

Bérangère ne se montra pas au moment de mon départ. Mais, comme mon oncle me conduisait à la gare, je la vis, non loin du Logis, qui causait avec cette espèce de grand bellâtre qu'elle prétendait ne point connaître.

VI

INQUIÉTUDES

« Vous paraissez bien content, mon oncle! dis-je à Noël Dorgeroux qui, durant ce trajet vers la gare, marchait allégrement et sifflotait de petits airs joyeux.

— Oui, répondit-il, content comme un homme qui a pris une décision.

— Vous avez pris une décision, mon oncle?

— Et très grave! Ça m'a valu une nuit d'insomnie, mais ça y est!

— Puis-je vous demander?...

— Certes. En deux mots, voici. Je démolis les baraques de l'Enclos, et j'y construis un cirque... ou, plutôt, un amphithéâtre.

— Et pour quoi faire?

— Pour mettre en valeur la chose... la chose que tu connais.

— Comment, en valeur?

— Dame! il y a là une découverte d'un intérêt formidable, et dont l'exploitation me donnera cette fortune que j'ai toujours cherchée, non pas pour elle-même, mais pour les ressources qu'elle m'apportera, une fortune grâce à laquelle je pourrai continuer mes travaux sans être arrêté par des considérations secondaires. Des millions, Victorien, des millions à gagner! Et avec des millions, que ne ferai-je pas? Il y a tant d'idées là-dedans (il se frappait le front), tant d'hypothèses à vérifier! Et il faut tant d'argent!... L'argent!... l'argent!... tu sais si je m'en moque! Mais il me faut des millions pour aller jusqu'au bout de mon œuvre... Ces millions... je les aurai! »

Dominant son enthousiasme, il me prit le bras et m'expliqua :

« Tout d'abord, l'Enclos déblayé et nivelé. Là-dessus, l'amphithéâtre dont les cinq rangées de gradins se tournent vers le mur... Car, bien entendu, le mur reste, puisqu'il est le principe essentiel et la raison de tout. Mais je l'élève et je l'élargis, et, comme il se trouve entièrement dégagé, on verra, sans le moindre obstacle, de toutes les places. Tu comprends, n'est-ce pas?

— Je comprends, mon oncle. Mais, croyez-vous qu'on viendra?

— Si l'on viendra! Comment, toi qui sais, tu me poses une telle question? Mais on s'arrachera le moindre coin à prix d'or! Et j'en suis si sûr que je jette dans l'affaire tout ce qui me reste, mes derniers sous! En l'espace d'une année, j'amasse des richesses incalculables.

— L'endroit est bien petit, mon oncle, et vous n'aurez qu'un nombre de places restreint.

— Mille places, mille places confortables! A deux cents francs la place pour commencer, à mille francs!...

— Oh! oh! mon oncle, des places en plein air, exposées à la pluie, au froid, à toutes les intempéries...

— Objection prévue! L'Enclos sera fermé les jours de pluie. Il me faut le jour, le soleil, les jeux de la lumière, et, même d'autres conditions qui diminueront encore le nombre des séances. Mais que m'importe! chaque place coûtera deux mille francs, s'il le faut, cinq mille francs! Je te le dis, il n'y a point de limites. Personne ne voudra mourir sans être venu dans l'Enclos de Noël Dorgeroux. Ah! Victorien, c'est ce dont toi-même tu ne te doutes pas!... En fin de compte, la réalité dépasse tout ce que tu peux, d'après le témoignage de tes yeux, imaginer de plus extraordinaire. »

Je ne pus me retenir de l'interroger.

« Alors, mon oncle, il y a eu des choses nouvelles? »

Il me répondit en hochant la tête :

« Ce n'est pas tant qu'elles soient nouvelles. C'est, avant tout, qu'elles m'ont permis, avec les éléments que je possède déjà, d'aller jusqu'au fond de la vérité!

— Mon oncle, mon oncle, lui dis-je, vous connaissez donc la vérité? »

Il prononça :

« Je la connais tout entière, mon enfant. Je connais ce qui est mon œuvre et ce qui est en dehors de moi. A la place des ténèbres, il n'y a plus qu'une clarté éblouissante. »

Et il ajouta d'une voix très grave :

« Et c'est inconcevable, mon enfant! Cela est au-delà des rêves les plus extravagants, tout en restant dans le domaine des faits et des certitudes. *Quand l'humanité saura, un frisson sacré remuera la terre, et ceux qui viendront ici en pèlerinage tomberont à genoux...* comme j'y suis tombé, moi!... à genoux comme les enfants qui prient en joignant les mains et en pleurant. »

Paroles évidemment excessives, qui me semblèrent provenir d'un mauvais équilibre d'esprit, mais dont je subis l'influence d'excitation et de fièvre.

« Expliquez-moi, mon oncle, je vous en conjure...

— Plus tard, mon enfant, quand tous les points seront élucidés.

— Que craignez-vous?

— De toi, rien.

— De qui, alors?

— De personne. Mais je me défie... A tort, peut-être. Cependant, certaines raisons me donnent à croire que je suis épié, et qu'on cherche à surprendre mon secret... certains indices... des objets déplacés... et puis, surtout, une intuition confuse.

— Tout cela est bien vague, mon oncle.

— Très vague, je l'avoue, dit-il en se redressant. Aussi, excuse-moi si mes précautions sont exagérées, et parlons d'autre chose... de toi, Victorien, de tes projets.

— Je n'ai pas de projets, mon oncle.

— Si, tu en as un tout au moins que tu me caches.

— Lequel? »

Il s'arrêta et me dit :

« Tu aimes Bérangère. »

Je ne songeai pas à protester, sachant que Noël Dorgeroux se trouvait la veille dans l'Enclos, devant l'écran.

« En effet, mon oncle, j'aime Bérangère, mais, elle ne m'aime pas.

— Elle t'aime, Victorien. »

Je montrai quelque impatience.

« Mon oncle, je vous demanderai de ne pas insister. Bérangère n'est qu'une enfant, qui ne sait pas trop ce qu'elle veut, incapable d'un sentiment sérieux, et à laquelle je ne veux plus songer. De ma part, c'est un simple caprice, dont je ne tarderai pas à me guérir. »

Noël Dorgeroux haussa les épaules.

« Querelles d'amoureux! Moi, voici ce que j'ai à te dire, Victorien. Tout l'hiver on travaillera à l'Enclos. Le quatorze mai, exactement, inauguration de l'amphithéâtre. Un mois auparavant, ce sont les vacances de Pâques, et, pendant ces vacances, tu épouseras ma filleule. Ne proteste pas, je m'en charge. Et je me charge aussi de votre dot à tous deux, et de votre avenir. Tu comprends bien, mon enfant, que si l'or coule à flots dans la maison (ce qui est hors de doute), Victorien Beaugrand renoncera à une profession qui ne lui laisse pas suffisamment de loisirs pour ses études personnelles, et qu'il vivra près de moi... ainsi que sa femme... oui, j'ai dit sa femme, et je n'en démords pas. Adieu, mon bonhomme. Pas un mot de plus. »

Je m'éloignai. Il me rappela.

« Embrassons-nous, Victorien. »

Il mit dans son étreinte une tendresse et un élan tout particuliers, et je l'entendis qui murmurait :

« Sait-on si l'on se reverra? A mon âge!... Et puis, menacé comme je le suis... »

Je protestai. Il m'embrassa de nouveau.

« Tu as raison. Vraiment, je radote. Pense à ton mariage. Bergeronnette est un bijou de femme. Et elle t'aime. Au revoir. Je t'écrirai. Va. »

J'avoue que les ambitions de Noël Bergeroux, tout au moins en ce qui concernait l'exploitation de sa découverte, ne me semblèrent pas absurdes, et ce que j'ai dit des visions de l'Enclos me dispense, je crois, de préciser les raisons de ma confiance. Pour l'instant, donc, je ne veux pas y revenir, ni parler davantage du grand problème de ces Trois Yeux obsédants et des fantasmagories de l'écran magique. Mais, comment me serais-je abandonné aux rêves que Noël Dorgeroux me suggérait? Pouvais-je oublier l'attitude de Bérangère, son hostilité, sa conduite équivoque?

Certes, pendant les mois qui suivirent, j'essayai souvent de me rattacher au souvenir délicieux de la vision surprise, et à l'image de Bérangère penchant au-dessus de moi son visage attendri. Mais, je me rebiffais bien vite et m'écriais :

« J'ai mal vu! Ce que j'ai pris pour de la tendresse, et, Dieu me pardonne! pour de l'amour, n'était que l'expression triomphante de la femme devant qui l'homme s'abaisse! Bérangère ne m'aime pas. Le mouvement qui la jeta contre mon épaule s'explique par une sorte de détente nerveuse, et elle en fut si honteuse qu'elle me repoussa aussitôt et s'enfuit. D'ailleurs, le lendemain, n'avait-elle pas rendez-vous avec cet homme? Et n'est-ce pas pour le rejoindre qu'elle me laissa partir sans un adieu? »

Les mois de mon exil furent donc pénibles. J'écrivis vainement à Bérangère. Je ne reçus aucune réponse.

Quant aux lettres de mon oncle, elles ne me parlaient que de l'Enclos. Les travaux avançaient rapidement. L'amphithéâtre s'élevait. Le mur était transformé. Aux dernières nouvelles, vers le milieu de mars, il ne restait plus qu'à placer les mille sièges, commandés depuis longtemps, et à disposer le rideau de fer qui devait protéger l'écran.

C'est à cette époque que les inquiétudes de Noël Dorgeroux recommencèrent ou, du moins, qu'il m'en parla dans sa correspondance. Deux livres qu'il venait d'acheter à Paris, et qu'il lisait en cachette pour que nul ne pût connaître, par le choix de ses lectures, le secret de sa découverte, deux livres avaient été pris, emportés, et puis remis en place. Une feuille de papier, couverte de notes et de formules de chimie, disparut. Traces de pas dans le jardin. Fracture du secrétaire dans la pièce du Logis où il travaillait depuis la destruction des hangars.

Ce dernier incident, je l'avoue, ne fut pas sans m'alarmer. Les craintes de mon oncle reposaient sur un fait sérieux. Il y avait, évidemment, quelqu'un qui rôdait autour du Logis, qui s'y introduisait, et qui poursuivait l'exécution d'un plan facile à deviner. Malgré moi, je pensais à l'homme au lorgnon et à ses relations avec Bérangère. Comment savoir?

Je fis une nouvelle tentative auprès de la jeune fille :

« Tu es au courant de ce qui se passe au Logis, n'est-ce pas? lui écrivis-je. Comment expliques-tu ces faits, qui, pour ma part, me semblent assez significatifs? Si tu éprouves la moindre inquiétude, avertis-moi. En attendant, veille de près... »

Coup sur coup, j'expédiai deux télégrammes. Mais ce silence opiniâtre de Bérangère, au lieu de me tourmenter, calma plutôt mes appréhensions. En cas de péril, elle n'eût point manqué de me faire venir. Non, mon oncle se trompait. Il était victime de l'état de fièvre où le mettait sa découverte. A l'approche de la date fixée par lui pour la révéler au monde, il avait peur. Mais aucune raison ne justifiait cette peur.

Quelques jours s'écoulèrent. J'écrivis alors à Bérangère une vingtaine de pages, qui ne furent jamais expédiées, et où je l'accablais de reproches. Sa conduite m'exaspérait. Je subissais une crise d'amertume et de jalousie.

Enfin, le 29 mars, je reçus de mon oncle, un rouleau de papier recommandé, et une lettre très explicite que j'ai gardée et que je copie textuellement :

« MON CHER VICTORIEN,

« Les récents événements, et certaines circonstances fort graves que je te raconterai, prouvent que je suis l'objet d'un complot savamment ourdi contre lequel j'ai peut-être déjà trop tardé à me défendre personnellement. Du moins, mon devoir est-il, au milieu des dangers qui menacent mon existence même, de mettre à l'abri la magnifique découverte dont l'humanité me sera redevable, et de prendre des mesures de précaution que tu ne jugeras sûrement pas inutiles.

« J'ai donc fait — ce à quoi je m'étais toujours refusé — un rapport détaillé sur ma découverte, sur les études qui m'y ont amené, sur les conclusions auxquelles m'a conduit l'expérience. Conclusions irréfutables, et non point hypothèse plus ou moins solide. Si invraisemblable qu'elle soit, si contraire à toutes les lois admises, la vérité est celle que je proclame. Il n'y en a pas d'autre.

« J'ajoute, dans mon rapport, un exposé très précis des procédés techniques qui devraient être employés pour la mise en œuvre et pour le fonctionnement normal de ma découverte, ainsi que la façon toute particulière dont j'envisage l'exploitation financière de l'amphithéâtre, les annonces, la réclame, le lancement de l'affaire, et les développements qu'on pourrait lui donner par la suite en construisant, dans le jardin et à la place du Logis, un second amphithéâtre qui aurait vue sur la face postérieure du mur.

« Ce rapport, je te l'envoie par ce même courrier, sous pli cacheté et recommandé, en te demandant de ne l'ouvrir que s'il m'arrivait malheur. Par excès de prudence, je n'y inscris pas la formule chimique à laquelle mes travaux ont abouti, et qui est la base même de ma découverte. Tu la trouverais, gravée à la pointe de feu sur une petite plaque d'acier très mince que je porte toujours dans la doublure de mon gilet. Ainsi donc, tu aurais en main, et tu serais seul à les avoir, tous les éléments d'exploitation nécessaires. Pour cela, aucun besoin de qualités spéciales ou de préparation scientifique. Le rapport et la formule suffisent. Maître de l'un et de l'autre, tu seras maître de la situation, sans que personne puisse jamais t'enlever le bénéfice matériel du secret merveilleux que je te lègue.

« Et, maintenant, mon cher enfant, espérons que tous mes pressentiments sont faux, et que bientôt nous pourrons fêter ensemble les événements heureux que je prévois, et au nombre desquels se place en première ligne ton mariage avec Bérangère. Quoique je n'aie pas encore pu obtenir d'elle une réponse affirmative, et qu'elle me paraisse depuis quelque temps, comme tu le disais, d'humeur assez fantasque, je ne doute pas que ton retour n'ait raison d'un refus qu'elle n'essaie même pas de justifier. Je t'embrasse affectueusement,

« NOËL DORGEROUX. »

Cette lettre me parvint à une heure trop avancée pour que je pusse prendre le rapide du soir. D'ailleurs, mon départ était-il urgent? Ne devrais-je pas attendre d'autres nouvelles? Une remarque fortuite coupa court à mes hésitations. Tout en réfléchissant, et en tournant et retournant l'enveloppe entre mes mains d'un geste machinal, je me rendis compte qu'elle avait été ouverte une première fois, puis recollée, et même d'une façon assez grossière, par quelqu'un probablement qui n'avait disposé que de quelques instants.

Tout de suite, la situation m'apparut dans toute sa gravité. L'homme qui avait décacheté la lettre, avant qu'elle ne fût expédiée, et qui était sans aucun doute celui dont Noël Dorgeroux dénonçait le complot, cet homme-là savait maintenant que Noël Dorgeroux portait sur lui, dans la doublure de son gilet, une plaque d'acier où était inscrite la formule essentielle.

J'examinai le paquet recommandé et constatai

qu'il n'avait pas été ouvert. A tout hasard, cependant, et bien que résolu à ne pas lire le rapport de mon oncle, je dénouai la ficelle et découvris un tube de carton. A l'intérieur de ce carton, il y avait un rouleau de papier que je dépliai vivement. C'étaient des feuilles blanches, rien que des feuilles blanches. Le rapport avait été volé.

Trois heures après, je sautais dans un train de nuit, qui n'arrivait à Paris qu'au cours de la journée du dimanche. Il était quatre heures quand je traversai la gare de Meudon. Depuis deux jours au moins l'ennemi connaissait la lettre de mon oncle, son rapport, et l'effroyable moyen de se procurer la formule.

VII

L'HOMME AUX YEUX FÉROCES

Il y avait au Logis, pour tout personnel, une vieille bonne, quelque peu sourde, fort myope, peu ingambe, et que l'on traitait, selon les occasions, de femme de chambre, de cuisinière et de jardinier. Malgré ces fonctions multiples, Valentine ne quittait guère son fourneau, lequel est situé dans un pavillon qui attenait à la maison et ouvrait directement sur la rue.

C'est là que je la trouvai. Mon retour ne parut point l'étonner — rien ne l'étonnait, d'ailleurs, ni ne l'inquiétait jamais — et je vis tout de suite qu'elle continuait à vivre en dehors des événements et qu'elle ne pourrait me donner aucune indication utile. J'appris, cependant, que mon oncle et que Bérangère étaient sortis une demi-heure auparavant.

« Ensemble? demandai-je.

— Ma foi, non. Monsieur a passé par la cuisine et m'a dit : « Je vais mettre une lettre à la poste, « Valentine. Ensuite, j'irai à l'Enclos. » Il a même laissé ici un flacon... vous savez, un de ces flacons bleus dont il se sert pour ses expériences.

— Où donc l'a-t-il laissé, Valentine? Je ne le vois pas.

— Mais là, sur le buffet. Pour sûr qu'il l'aura oublié en passant son pardessus, car il ne s'en sépare jamais, de ses flacons.

— Il n'y est pas, Valentine.

— Ah! çà, elle est drôle, fit la vieille femme. M. Dorgeroux n'est pourtant pas rentré.

— Et personne n'a pénétré ici?

— Personne. Ah! cependant si, un monsieur qui est venu chercher Bérangère, un peu après.

— Et vous avez appelé Bérangère?

— Oui.

— Alors, ce serait pendant ce temps-là...

— Est-ce possible! Ah! ce que M. Dorgeroux va me gronder!

— Mais quel est ce monsieur?

— Ma foi... je ne pourrais pas dire... C'est que la vue me trahit...

— Vous le connaissez?

— Non, je n'ai pas reconnu sa voix.

— Et ils sont partis tous deux, Bérangère et lui?

— Oui, ils ont traversé... en face. »

En face, c'était le chemin du bois.

Je réfléchis quelques secondes, puis, sur un morceau de papier arraché à mon carnet, j'écrivis :

« Mon cher oncle, à votre retour, attendez-moi, et, sous aucun prétexte, ne quittez le Logis. Le danger est menaçant.

« *Signé :* VICTORIEN »

« Vous donnerez cela à M. Dorgeroux dès que vous le verrez, Valentine. D'ici une demi-heure, je serai ici. »

Le chemin s'enfonçait en droite ligne parmi d'épais fourrés où de petites feuilles pointaient aux branches des buissons. Il avait beaucoup plu les jours précédents, mais un clair soleil de printemps séchait le sol de la route, et je ne pus distinguer aucune trace de pas. Cependant, trois cents mètres plus loin, je rencontrai un gamin du voisinage, dont la figure m'était familière, et qui s'en revenait en poussant sa bicyclette dégonflée.

« Tu n'as pas aperçu Mlle Bérangère de ce côté-là? lui demandai-je.

— Oui, affirma-t-il, avec un monsieur.

— Qui porte un lorgnon, n'est-ce pas?

— Oui, un grand, tout barbu.

— Et ils sont loin?

— Quand je les ai vus, c'était à deux kilomètres d'ici. Je me suis retourné plus tard... ils prenaient l'ancienne route... celle qui file vers la gauche. »

Je hâtai l'allure, surexcité par une appréhension croissante. J'atteignis l'ancienne route. Mais, à quelque distance, elle aboutissait à un carrefour d'où rayonnaient plusieurs sentiers. Lequel suivre?

De plus en plus anxieux, j'appelai :

« Bérangère! Bérangère!... »

Au bout d'un instant, j'entendis le ronflement d'un moteur et un bruit d'automobile qui démarre. Cela devait se produire à un demi-kilomètre. Je m'engageai dans un sentier où, presque aussitôt, je discernai sur la boue des marques de pas très nettes, pas de femme et pas d'homme, qui me conduisirent à l'entrée d'un cimetière désaffecté depuis plus de vingt ans, et dont le terrain situé sur la limite de deux communes était l'objet de revendications et de procès.

J'y pénétrai. L'herbe haute était foulée suivant deux lignes qui côtoyaient l'enceinte, passaient devant les décombres d'une maison où jadis habitait le gardien, s'entremêlaient autour de la margelle d'une citerne aménagée comme un puits, et se prolongeaient jusqu'au mur d'une petite chapelle funéraire à moitié démolie.

Entre cette citerne et cette chapelle, le sol avait été piétiné plusieurs fois. Après la chapelle, il n'y avait plus qu'une trace de pas, des pas d'homme...

J'avoue qu'à ce moment mes jambes fléchirent sous moi, bien qu'aucune idée précise ne m'eût encore effleuré. J'inspectai la chapelle à l'intérieur, puis j'en fis le tour.

Quelque chose, par terre, au pied du seul mur qui restait entièrement debout, attira mon attention. C'étaient des morceaux de plâtre détachés et tombés là, et dont la couleur gris foncé m'avait aussitôt rappelé la sorte d'enduit qui recouvrait l'écran de l'Enclos.

Je relevai la tête. D'autres morceaux de plâtre de la même couleur, plaqués au mur, tenus par des clous à crochets, formaient un autre écran, incomplet, disloqué, et sur lequel je vis nettement qu'une couche de substance, toute fraîche, venait d'être étalée.

Par qui? Evidemment, par l'un des deux êtres que je poursuivais, par l'homme au lorgnon ou par Bérangère, ou même par les deux. Mais dans quelle intention? Etait-ce pour susciter la vision miraculeuse? Et devais-je croire — cette hypothèse s'imposait vraiment comme une certitude — que les morceaux de plâtre avaient été volés auparavant parmi les débris de l'Enclos et reconstitués ainsi qu'une mosaïque?

Dans ce cas, si les conditions étaient les mêmes, si la substance nécessaire était répandue selon les données exactes de la découverte, si l'on se trouvait en face d'un écran rigoureusement identique, il se pouvait... il se pouvait...

En même temps qu'elle s'énonçait, la question recevait dans mon esprit une réponse si nette, que je vis les Trois Yeux avant qu'ils ne surgissent des profondeurs où je guettais leur apparition. L'image que j'évoquais se confondit peu à peu avec l'image réelle qui se formait et qui bientôt ouvrit sur moi trois regards mornes et fixes.

Ainsi donc, ici comme là-bas, dans le cimetière abandonné comme dans l'Enclos où Noël Dorgeroux tirait du néant ses fantômes inexplicables, les Trois Yeux s'éveillaient à la vie. Rognés par-ci, crevés par-là, ils regardaient à travers des fragments de plâtre disjoints, aussi bien que si Noël Dorgeroux eût été là pour allumer et pour entretenir leur flamme mystérieuse.

Les yeux mornes, cependant, changeaient d'expression. Ils devinrent méchants, cruels, implacables, sauvages même. Puis, ils s'éteignirent, et j'attendis le spectacle dont ces trois dessins géométriques étaient les messagers ordinaires. Et, de fait, à la suite d'une interruption, il y eut comme une palpitation de la lumière, mais si confuse, qu'il me fut difficile de reconnaître des scènes bien définies. A peine pus-je deviner des arbres, une rivière où vogue une petite île, une maison basse, des gens, tout cela vague, brumeux, inachevé, déchiré par les cassures de l'écran, entravé par des causes que j'ignorais. On eût dit qu'il y avait de l'hésitation dans la volonté qui suscitait l'image. D'ailleurs, après quelques tentatives infructueuses, et un effort dont je constatais la vanité, la vie s'arrêta brusquement, et tout retourna à la mort et au vide.

« A la mort et au vide », prononçai-je à haute voix.

Ces mots, je les répétai à diverses reprises. Ils résonnaient en moi comme un écho funèbre où se mêlait le souvenir de Bérangère. Le cauchemar des Trois Yeux se fondait dans le cauchemar qui m'entraînait à la poursuite de la jeune fille. Et je demeurais devant la chapelle sinistre, incertain, ne sachant que faire...

Les pas de la jeune fille me ramenèrent jusqu'au puits, près duquel s'imprimait, à quatre places, la double empreinte des semelles effilées et des talons aigus. Un petit dôme de tuiles le recouvrait. Jadis, un seau en descendait à l'aide d'une poulie et montait l'eau de pluie recueillie aux toits de la maison.

Il n'y avait, certes, aucune raison valable pour que l'on pût croire qu'un crime avait été commis. Les empreintes? L'indice ne suffisait pas. Cependant, je me sentis inondé de sueur, et, me penchant sur l'orifice béant, où flottait une haleine humide et moisie, je balbutiai :

« Bérangère... »

Je n'entendis rien.

J'allumai un papier, qui tournoya en flambant, et jeta des lueurs dans le réservoir élargi de la citerne. Mais je ne vis qu'une plaque d'eau, noire comme de l'encre, et immobile.

« Non, non, protestai-je, ce n'est pas possible! Je n'ai pas le droit d'imaginer une telle horreur. Pourquoi l'aurait-on tuée? C'est mon oncle qui était menacé, et non pas elle. »

A tout hasard, je continuai mes recherches, en suivant la piste unique de l'homme. J'arrivai ainsi à l'autre côté du cimetière, puis dans une avenue de sapins où je découvris des flaques d'essence. L'automobile était partie de là. Les marques des pneumatiques s'en allaient à travers bois.

Je n'insistai point. Il me semblait, soudain, que je devais avant tout m'occuper de mon oncle, le défendre, et me concerter avec lui.

Je revins donc vers la poste. Mais, réfléchissant que ce jour était un dimanche, et que mon oncle, après avoir jeté sa lettre à la boîte, avait certainement repris le chemin de l'Enclos, je courus au Logis et criai à Valentine :

« Mon oncle est rentré? Il a lu ma lettre?

— Mais non, mais non, me dit-elle, puisque monsieur doit aller à l'Enclos.

— Justement, il a repassé par ici!

— Pas du tout. De la poste, il y aura été directement, par la nouvelle entrée de l'amphithéâtre.

— En ce cas, prononçai-je, moi, je n'ai qu'à traverser le jardin. »

Je me hâtai, mais la petite porte était fermée à clef. Et, de ce moment-là, bien qu'aucun fait ne m'eût confirmé la présence de mon oncle dans l'Enclos, j'eus la certitude qu'il s'y trouvait et la crainte que mon intervention ne se produisît trop tard.

J'appelai. Personne ne répondit. La porte demeura close.

Alors, effrayé, je retournai vers la maison, sortis dans la rue, et contournai la propriété sur la gauche, afin d'y pénétrer par la nouvelle entrée.

C'était, flanquée de deux pavillons, une haute grille qui donnait accès à une cour spacieuse où se dressait la façade postérieure de l'amphithéâtre.

Cette grille était également close, à l'aide d'une forte chaîne que mon oncle avait cadenassée derrière lui.

Que faire?

Me rappelant l'escalade entreprise un jour par Bérangère, puis par moi, je suivis l'autre côté de l'Enclos, afin d'arriver au vieux réverbère. Le même sentier désert bordait la même palissade de madriers massifs, qui s'avançait en pointe dans les prairies.

Quand j'eus atteint cette pointe, j'aperçus le réverbère. A ce moment-là, un homme apparaissait au sommet de la clôture, s'agrippait au poteau et se laissait glisser. Il n'y avait pas de doute possible, cet homme, qui sortait ainsi de l'Enclos, venait de quitter mon oncle. Que s'était-il passé entre Noël Dorgeroux et lui?

La distance qui nous séparait l'un de l'autre ne me permit pas de distinguer ses traits. Tout de suite, en me voyant, il rabattit les bords de son chapeau mou et ramena sur son visage les deux bouts de son cache-nez. Un ample vêtement de voyage en laine grise le dissimulait. J'eus, cependant, l'impression qu'il était de silhouette plus mince et de taille plus petite que l'homme au lorgnon.

« Halte! » m'écriai-je, comme il s'éloignait.

Mon injonction ne fit que précipiter sa fuite, et j'eus beau, tout en m'élançant, proférer des injures et le menacer d'un revolver que je n'avais point, il franchit toute la largeur des prairies, sauta par-dessus une haie, et gagna la lisière des bois.

J'étais assurément plus jeune que lui, car je ne tardai pas à constater que l'intervalle diminuait entre nous, et je l'eusse rattrapé, si la course eût eu lieu en rase campagne. Mais, aux premiers taillis, je le perdis de vue, et j'allais renoncer à l'atteindre, quand, tout à coup, il revint sur ses pas en ayant l'air de chercher quelque chose.

Je me précipitai à sa rencontre. Mon approche ne parut pas l'émouvoir. Il sortit simplement un revolver, qu'il braqua dans ma direction sans dire un mot et sans arrêter ses investigations.

Je vis aussitôt quel en était l'objet. Une lueur brillait au milieu des herbes. Elle provenait d'un morceau de métal, qui ne pouvait être, je m'en rendis compte, que la plaque d'acier sur laquelle Noël Dorgeroux avait gravé la formule chimique.

Nous nous abattîmes à terre presque en même temps. Le premier, je m'emparai de la plaque. Mais une main saisit la mienne, et, sur cette main, sur la manche du vêtement de coutil qui la recouvrait à moitié, il y avait du sang.

Epouvanté, j'eus une seconde de défaillance. La vision de Noël Dorgeroux agonisant, mort, m'avait frappé si brusquement que l'homme réussit à me dominer et à m'étendre sous lui.

Placés ainsi l'un contre l'autre, nos visages se touchaient presque. Je ne voyais qu'une partie du sien, le bas restant dissimulé par le cache-nez. Mais, dans l'ombre du chapeau, les deux yeux m'épiaient et nous nous regardâmes silencieusement, tandis que nos mains continuaient à s'étreindre.

Ils étaient, ces yeux, sauvages et implacables, des yeux d'assassin dont tout l'être se contracte pour l'effort suprême de tuer. Où donc les avais-je déjà contemplés? Car, indiscutablement, je les connaissais, ces yeux étincelants de férocité. Ce regard-là pénétrait dans mon cerveau à une place où il s'était déjà enfoncé profondément. Regard familier, regard qui s'était uni à mon regard. Mais à quel moment? Quels yeux l'avaient exprimé? Les yeux surgis de la muraille peut-être? Les yeux qui jaillissaient de l'écran fabuleux?

Oui, oui, ils étaient de ceux-là! Je les retrouvais! Ils avaient lui dans l'espace infini qui se creusait au fond du plâtre! Ils avaient vécu devant moi, quelques minutes plus tôt, sur le mur en ruines de la chapelle funéraire. C'étaient les mêmes, les yeux cruels, les yeux sauvages, les yeux qui m'avaient bouleversé tout à l'heure, comme ils me bouleversaient maintenant, jusqu'à l'épuisement de mes forces.

Je lâchai prise. Vivement, l'homme se redressa, m'assena sur le front un coup de crosse et s'enfuit. Il emportait la plaque d'acier.

Cette fois je ne pensai pas à le poursuivre. Sans me faire grand mal, le coup reçu m'avait étourdi.

Je me relevai chancelant lorsque s'éleva, dans les bois, le même bruit de moteur qu'on met en marche et le même démarrage que j'avais entendu aux environs du cimetière. L'auto, conduite par l'homme au lorgnon, était venue chercher mon agresseur. Les deux complices, débarrassés probablement de Bérangère, débarrassés certainement de Noël Dorgeroux, s'éloignaient...

Le cœur serré d'angoisse, je retournai en hâte jusqu'au pied du vieux réverbère, me hissai sur le sommet de la palissade, et sautai dans la partie antérieure de l'Enclos qui se trouvait comprise entre le mur principal et les nouvelles constructions de l'amphithéâtre.

Ce mur, entièrement refait, plus haut maintenant et plus large, avait l'ampleur et l'importance d'un mur de théâtre grec ou romain. Deux forts pilastres et un portique délimitaient la place réservée à l'écran.

De cet écran, dont le plâtre, à distance, ne me parut pas encore revêtu de la couche de substance gris foncé — ce qui m'expliqua que mon oncle le laissât découvert — je ne vis pas tout d'abord la base, devant laquelle s'amoncelaient des matériaux de toutes sortes. Mais j'étais si sûr de ce que j'allais y voir en m'approchant! Je savais si bien ce qu'il y avait là derrière les planches et les moellons!

Mes jambes tremblaient. Je dus me soutenir. Quel effort pour avancer de quelques pas!

Tout contre le mur, au cœur même de son Enclos, Noël Dorgeroux gisait, face au sol, les bras tordus.

Il me suffit d'un examen pour constater qu'il avait été assassiné à coups de pioche.

VIII

« QUELQU'UN SORTIRA DE L'OMBRE »

MALGRÉ le grand âge de Noël Dorgeroux, la lutte avait été rude. L'assassin, dont je relevai les traces le long du chemin qui conduisait de la palissade au mur, s'était jeté sur sa victime et avait tenté d'abord de l'étrangler. Ce n'est que plus tard, dans une seconde phase de combat, qu'il s'était emparé d'une pioche pour en frapper Noël Dorgeroux.

Aucun vol. Je retrouvai la montre et le portefeuille de mon oncle. Mais le gilet avait été ouvert, et, bien entendu, dans la doublure, qui formait poche, rien.

Pour l'instant, je ne m'attardai pas dans l'Enclos. Passant par le jardin et par le Logis, où je prévins en quelques mots la vieille Valentine, j'appelai nos voisins les plus proches, dépêchai un gamin à la mairie, et je me rendis à l'ancien cimetière, en compagnie de quelques personnes qui portaient des cordes, une échelle et un falot. Nous arrivâmes là-bas, au crépuscule.

Je voulus descendre moi-même dans la citerne, et je le fis sans grande émotion. Malgré les raisons qui m'inclinaient à craindre que Bérangère n'y eût été jetée, ce crime me paraissait absolument invraisemblable. Je ne me trompais pas. Cependant, au fond du réservoir, troué de fissures, évidemment, et qui ne contenait que des flaques d'eau croupissante, je ramassai dans la vase, parmi les cailloux, les morceaux de briques et les casseroles démolies, un flacon vide, au goulot cassé, dont la couleur bleue me frappa. Nul doute que ce ne fût le flacon qui avait été dérobé sur le buffet du Logis. D'ailleurs, quand je le rapportai ce soir-là au Logis, Valentine le reconnut formellement.

Les choses pouvaient donc se reconstituer ainsi. L'homme au lorgnon, possesseur du flacon, avait gagné le cimetière pour rejoindre l'automobile qui l'attendait, et s'était arrêté devant la chapelle où se trouvaient cloués les fragments de l'ancien mur de l'Enclos. Ces fragments, il les avait enduits avec le liquide contenu dans le flacon. Puis, à mon approche, après avoir jeté le flacon dans la citerne, et sans avoir eu le loisir de contempler la vision que je devais, moi, contempler dix minutes plus tard, il s'était enfui, et avait été, en automobile, recueillir aux environs de l'Enclos le meurtrier de Noël Dorgeroux.

Les événements devaient confirmer mon explication, du moins en partie. Mais Bérangère? Quel rôle jouait-elle dans tout cela? Et qu'était-elle devenue?

L'enquête, commencée dans l'Enclos par la gendarmerie, fut poursuivie le lendemain par un juge d'instruction et par deux agents de la sûreté avec lesquels je fis campagne. Nous établîmes que l'automobile des deux complices était venue de Paris dès le matin du jour précédent, et qu'elle y était rentrée avant la nuit. A l'aller comme au retour, elle portait deux hommes, dont le signalement correspondait exactement à celui des deux complices.

Un hasard extraordinaire nous favorisa. Un cantonnier du Bois de Boulogne, qui travaillait sur la route du bord de l'eau, nous raconta que cette automobile, à propos de laquelle nous l'interrogions, il l'avait reconnue comme étant garée dans une remise contiguë à la maison qu'il habitait, de même qu'il avait reconnu l'homme au lorgnon comme étant un des locataires de cette maison!

Il nous donna l'adresse. C'était derrière le jardin des Batignolles, un vieil immeuble à l'aspect de caserne, où grouillaient d'innombrables locataires. Tout de suite, à la description que nous lui fîmes de l'individu que nous recherchions, la concierge s'écria :

« Vous voulez parler de M. Velmot, un grand bel homme, n'est-ce pas? Voilà six mois qu'il habite ici en meublé. Mais il n'y couche que de temps en temps. Il voyage beaucoup.

— Il a couché cette nuit? demandai-je.

— Oui. Il est revenu hier soir dans son auto avec un monsieur que je n'avais jamais vu, et ils ne sont repartis que ce matin.

— En automobile?

— Non. La voiture est dans le garage.

— Vous avez la clef de l'appartement?

— Dame, c'est moi qui fais le ménage.

— Conduisez-nous. »

Cet appartement se composait de trois petites pièces, deux chambres et une salle à manger.

Pas de vêtements, pas de papiers. M. Velmot avait tout emporté dans une valise, comme à chacune de ses absences, nous dit la concierge.

Mais un dessin était épinglé au mur, qui, parmi plusieurs ébauches, représentait la figure des Trois Yeux.

« Allons au garage », dit l'un des agents.

Pour l'ouvrir, il fallut l'assistance d'un serrurier. Outre le cache-nez et le vêtement taché de sang, nous y trouvâmes deux autres cache-nez et trois foulards, abîmés et tordus. La plaque d'identité de la voiture avait été récemment dévissée. Le numéro, fraîchement repeint sur l'ancien, devait être faux. En dehors de ces détails, rien de particulier.

Je cherche à résumer aussi brièvement que possible les phases de l'enquête et de l'instruction. Pas plus qu'une aventure sentimentale, ce récit n'est une histoire criminelle. L'énigme des Trois Yeux et la solution, voilà le seul objet de ces pages; et l'unique intérêt qu'on y peut trouver. Mais, au point où nous sommes parvenus, il est facile de comprendre que tous ces événements se pénètrent si profondément qu'on ne saurait les isoler les uns des autres. Ceux-ci commandent ceux-là, lesquels à leur tour réagissent sur ceux qui les avaient provoqués.

Ainsi me faut-il répéter la question déjà posée. Quel rôle jouait Bérangère dans tout cela? Et qu'était-elle devenue? Elle avait disparu, soudain, aux environs de la chapelle. A partir de cet endroit plus de traces, aucune indication. Et cette disparition inexplicable terminait une série de semaines où, avouons-le, la conduite de la jeune fille pouvait sembler bizarre aux yeux les plus indulgents.

Je le sentais si bien que, tout de suite, j'affirmai énergiquement au cours de mes dépositions :

« Elle est tombée dans un guet-apens et on l'a enlevée.

— Prouvez-le, me fut-il répondu. Justifiez les rendez-vous qu'elle a eus tout l'hiver avec celui que vous appelez l'homme au lorgnon, c'est-à-dire le sieur Velmot. »

Et la justice appuyait ses soupçons sur une charge vraiment troublante que l'on venait de découvrir et qui m'avait échappé. Durant la lutte soutenue par lui contre son agresseur, sans doute au moment où celui-ci, l'ayant réduit à l'impuissance, s'éloignait pour saisir la pioche, Noël Dorgeroux avait réussi, au moyen d'un caillou, à tracer quelques mots sur la base de l'écran.

Inscription à peine appuyée, presque illisible, le caillou par endroits n'ayant fait qu'égratigner le plâtre, mais où, cependant, on put déchiffrer ceci :

Rayon B... Berge...

Le terme « Rayon B » se rapportait, évidemment, à l'invention de Noël Dorgeroux. La première idée de mon oncle, menacé de mort, avait été de donner sous la forme la plus brève (hélas! la plus obscure aussi!) le renseignement qui devait sauver de l'oubli sa merveilleuse découverte. Le rayon B..., expression compréhensible pour lui, mais sans valeur pour ceux qui ne savaient pas ce qu'il désignait de la sorte.

Les cinq lettres B.E.R.G.E... au contraire, ne permettaient guère qu'une interprétation. *Berge...* c'était le début du mot Bergeronnette, du nom familier dont Noël Dorgeroux appelait sa filleule.

« Soit! m'écriai-je devant le magistrat qui m'avait amené près de l'écran, soit, je me rallie à votre interprétation. Il s'agit de Bérangère. Mais, précisément, mon oncle a voulu exprimer son affection et son anxiété suprême. En inscrivant, à la minute même du danger mortel, le nom de sa filleule, il s'inquiète d'elle, il la recommande...

— Ou il l'accuse », riposta le juge d'instruction.

Bérangère accusée par mon oncle! Bérangère, capable d'avoir participé à l'assassinat de son parrain! Je me rappelle avoir haussé les épaules. Mais, comment répondre autrement que par des protestations qui ne s'appuyaient sur aucun fait et que contredisaient les apparences?

J'objectai simplement :

« Je ne vois pas bien quel intérêt elle aurait eu!...

— Un intérêt considérable : l'exploitation du fameux secret dont vous m'avez parlé.

— Mais, elle l'ignore, ce secret!

— Qu'en savez-vous? Elle ne l'ignore pas, si elle est d'accord avec les deux complices. Le manuscrit que M. Dorgeroux vous envoyait a disparu : qui, mieux qu'elle, a pu le dérober? D'ailleurs, remarquez-le, je n'affirme rien. Je me défie, voilà tout. Et je cherche. »

Mais les investigations les plus minutieuses

n'aboutirent à aucun résultat. Bérangère avait-elle été, elle aussi, victime des deux complices?

On prévint son père à Toulouse. Le sieur Massignac, retenu au lit depuis deux semaines par une mauvaise grippe, fit répondre qu'il viendrait à Paris dès son rétablissement, mais que, d'ailleurs, n'ayant plus entendu parler de sa fille depuis des années, il ne pouvait donner sur elle aucun renseignement.

En fin de compte, enlevée comme je voulais le croire ou cachée comme le soupçonnait la justice, Bérangère demeura introuvable.

Cependant, l'opinion publique commençait à s'émouvoir pour une affaire qui devait bientôt la passionner jusqu'au délire. Certes, d'abord, il ne fut question que du fait divers en lui-même. L'assassinat de Noël Dorgeroux, l'enlèvement de sa filleule — version que la justice voulut bien admettre sur mes instances — le vol du manuscrit de mon oncle, le vol de la formule, tout cela, au début, n'intrigua que comme machination savamment ourdie et crime habilement exécuté. Mais bien peu de jours s'écoulèrent avant que les révélations auxquelles je fus contraint n'eussent dérivé toute l'attention des journaux et toute la curiosité du public vers la découverte de Noël Dorgeroux.

Car il me fallut parler, malgré les promesses de discrétion faites à mon oncle. Il me fallut répondre aux interrogations du magistrat, raconter, expliquer, entrer dans les détails, écrire un rapport, protester contre les erreurs, rectifier, préciser, énumérer, classer, bref, confier à la justice, et incidemment aux reporters avides, toutes les paroles et tous les rêves de mon oncle, tous les prodiges de l'Enclos, toutes les fantasmagories de l'écran.

Au bout d'une semaine, Paris, la France, le monde entier, connaissaient, par le menu, sauf les points qui nous concernaient spécialement Bérangère et moi, ce que tout de suite on appela — désignation spontanée — l'énigme des Trois Yeux.

Ironie, sarcasme, éclats de rire, voilà bien entendu à quoi je me heurtai. Un miracle n'a de croyants que parmi ceux qui en sont les témoins stupéfaits. Et comment invoquer d'autre cause que le miracle pour un phénomène où j'affirmais qu'il n'y avait point de cause admissible? Miracle, l'exécution d'Edith Cavell! Miracle, l'évocation d'un combat entre deux aviateurs! Miracle, la scène où le fils de Noël Dorgeroux est frappé par une balle! Miracle, la vision de l'Enclos où Bérangère danse, tombe et s'évanouit! Miracle surtout, le jaillissement de ces Trois Yeux qui palpitent, qui vivent, qui regardent, et qui sont les yeux mêmes des êtres qui vont figurer au spectacle comme des interprètes miraculeusement annoncés!

Pourtant, un à un, des défenseurs se levèrent en ma faveur. On examina mon passé, on estima la valeur de mon témoignage, et, si l'on put encore m'accuser d'être un illuminé ou un malade, sujet à des hallucinations, il fallut bien admettre mon absolue bonne foi. Un parti de croyants se forma. On batailla. Ah! si mon pauvre oncle Dorgeroux avait souhaité pour son amphithéâtre une large publicité, combien ses vœux furent dépassés par la réclame bruyante et formidable qui éclata, et qui se propagea comme un roulement de tonnerre ininterrompu!

Du reste, une idée unique dominait tout ce vacarme, laquelle s'était dégagée peu à peu, et résumait les mille hypothèses où chacun se complaisait. Je la copie dans un article de journal que j'ai conservé.

« Quoi qu'il en soit, quelque opinion que nous puissions avoir sur la prétendue découverte de Noël

Dorgeroux, quelque jugement que nous puissions porter sur le bon sens et sur l'équilibre mental de M. Victorien Beaugrand, il est un point certain, c'est que nous serons appelés à connaître la vérité. Si deux hommes de la force du sieur Velmot et de son complice se sont associés pour une tâche définie, le vol d'un secret scientifique, s'ils ont perpétré leur complot avec cette habileté, et s'ils ont réussi au-delà de toute espérance, ce n'est certes pas pour jouir furtivement des résultats de leur entreprise, n'est-ce pas?

« S'ils ont en main le manuscrit de Noël Dorgeroux et la formule chimique qui le complète, c'est assurément pour en tirer tous les bénéfices que Noël Dorgeroux escomptait lui-même. Pour en tirer des bénéfices, il faut d'abord exploiter le secret. Et, pour exploiter un pareil secret, il faut agir ouvertement, publiquement, à la face du monde. Et, pour cela, pas la peine d'aller s'installer dans un coin de France ou ailleurs, et de mettre debout une autre affaire. Pas la peine, puisque, en tout état de cause, l'aveu de culpabilité serait le même. Non. Autant, du premier coup, loyalement, cyniquement, s'installer dans l'amphithéâtre de l'Enclos, et utiliser ce qui a été fait, selon les meilleures conditions de succès, par Noël Dorgeroux.

« Donc, concluons. *Avant peu, quelqu'un sortira de l'ombre.* Un visage se démasquera. La suite et la fin du complot inachevé se dérouleront dans toute leur ampleur. Et, à la date fixée, le 14 mai — nous en sommes à trois semaines — nous assisterons à l'inauguration de l'amphithéâtre construit par Noël Dorgeroux. Et cette inauguration aura lieu sous la ferme direction de celui qui sera, qui est déjà le maître du secret, un rude homme, avouons-le... »

Raisonnement d'une logique rigoureuse. Un bijou

volé se revend en cachette. L'argent circule anonymement. Mais une découverte ne rapporte que si on la met en valeur.

En attendant, les jours s'écoulaient et personne ne sortait de l'ombre. Les deux complices ne donnaient pas signe de vie. On savait maintenant que le sieur Velmot, l'homme au lorgnon, avait exercé toutes sortes de métiers. Des industriels de Paris, pour lesquels il avait voyagé en province, donnèrent son signalement exact. On apprit sur lui beaucoup de choses, mais aucune qui permît de lui mettre la main au collet.

Le classement des papiers de Noël Dorgeroux ne fournit pas non plus la moindre indication. On y trouva seulement une enveloppe cachetée à la cire, sans adresse, que l'on ouvrit, et dont le contenu ne laissa pas de me surprendre. C'était un testament, daté de cinq années, par lequel Noël Dorgeroux, tout en me choisissant comme légataire universel, faisait don à sa filleule Bérangère Massignac, du terrain de l'Enclos et de tout ce que contiendrait cet Enclos au jour de sa mort. En dehors de ce papier sans importance puisque mon oncle, dans une de ses dernières lettres, m'exprimait des intentions contraires, on ne recueillit que des notes insignifiantes qui ne concernaient pas le fameux secret. Là-dessus, on se perdait en conjectures, et on errait dans des ténèbres que les chimistes assermentés eux-mêmes, conviés à l'examen de l'écran, ne réussissaient pas à dissiper. Le mur n'offrait rien de particulier, la couche de plâtre qui le recouvrait n'ayant pas reçu l'enduit spécial dont la formule constituait justement le secret de Noël Dorgeroux.

Cet enduit n'existait-il pas sur la vieille chapelle du cimetière, où j'avais vu apparaître la figure géométrique des Trois Yeux? De fait, on constata bien quelque chose à la surface des morceaux de plâtre prélevés à cet endroit. Mais, avec ce quelque chose, on ne parvint pas à produire une substance capable d'amener la moindre vision. La bonne formule, évidemment, manquait, et, sans doute aussi, quelque ingrédient essentiel que la pluie ou le soleil avait déjà volatilisé.

A la fin d'avril, il n'y avait pas de raison pour que l'on pût croire aux prédictions qui annonçaient l'inéluctable coup de théâtre. Et la curiosité du public s'accroissait de chaque déception et de chaque jour nouveau passé dans l'attente. L'Enclos de Noël Dorgeroux était devenu un lieu de pèlerinage. Automobiles et voitures arrivaient en nombre. On se pressait devant les grilles closes et les palissades. On tâchait de voir le mur. Je reçus même des lettres où l'on me proposait d'acheter l'Enclos à tel prix qui me conviendrait.

Un matin, la vieille Valentine introduisit dans le salon un monsieur, venu, disait-il, pour affaires importantes. Je vis un homme grisonnant, de taille moyenne, dont la figure plus large que haute était encore élargie par des favoris hirsutes et un sourire permanent. Son costume râpé et ses chaussures éculées révélaient une situation de fortune peu brillante. Mais, tout de suite, il s'exprima en personnage que les considérations d'argent ne sauraient arrêter.

« J'ai de gros capitaux derrière moi, affirma-t-il, d'un air joyeux, et avant même de me dire son nom. Mes plans sont dressés. Il ne nous reste plus qu'à tomber d'accord.

— Sur quoi? demandai-je.

— Mais justement sur l'affaire que je viens vous proposer. »

Je ripostai sèchement.

« Tous mes regrets, monsieur, mais je ne fais pas d'affaires.

— Dommage! s'écria-t-il, de plus en plus joyeux et la bouche de plus en plus fendue. Dommage! j'aurais été heureux de vous y associer. Mais que voulez-vous, j'agirai seul, sans outrepasser, bien entendu, les droits que j'ai sur l'Enclos.

— Vos droits sur l'Enclos? prononçai-je, abasourdi par cette assurance.

— Mon Dieu, oui, fit-il, en éclatant de rire, mes droits, il n'y a pas d'autre mot.

— Je ne comprends pas.

— Ce n'est pas très clair, en effet. Eh bien! figurez-vous... vous allez comprendre... figurez-vous que j'hérite de Noël Dorgeroux! »

Je commençais à m'impatienter, et je relevai vertement le personnage :

« Assez de plaisanteries, monsieur, Noël Dorgeroux n'avait d'autre parent que moi.

— Aussi, n'est-ce pas à titre de parent que j'hérite.

— A quel titre, en ce cas?

— A titre d'héritier, tout simplement... héritier légal, désigné nommément par Noël Dorgeroux. Donc, protégé par le code, par la loi, par tout le diable et son train. »

Je fus un peu interloqué, et, après un moment de réflexion, je lui dis :

« Noël Dorgeroux a donc fait un testament en votre faveur?

— Il l'a fait.

— Montrez-le.

— Pas besoin de vous le montrer, vous l'avez vu.

— Je l'ai vu?

— Hier. Il doit être entre les mains du juge d'instruction... ou du notaire... »

Je m'emportai.

« Ah! il s'agit de cela. Mais, d'abord, ce testament n'a aucune valeur. J'ai une lettre de mon oncle... »

Il m'interrompit.

« Cette lettre n'enlève aucune valeur au testament. Tout le monde vous le dira.

— Et après? m'écriai-je... En admettant qu'il soit valable, Noël Dorgeroux n'y parle que de moi pour le Logis, et de sa filleule pour l'Enclos. Si quelqu'un hérite en dehors de moi, c'est Bérangère.

— En effet... en effet... répliqua l'individu sans se démonter. Mais on ne sait pas ce qu'est devenue Bérangère Massignac. Supposons qu'elle soit morte... »

Je m'indignai.

« Elle n'est pas morte! Il est impossible qu'elle soit morte!

— Supposons donc, dit-il tranquillement, qu'elle soit vivante, qu'elle ait été enlevée, ou qu'elle se cache. En tout état de cause, il y a un fait certain, c'est qu'elle n'a pas vingt ans, par conséquent qu'elle est mineure, et, par conséquent, qu'elle ne peut administrer sa fortune elle-même. Au point de vue civil, elle n'existe qu'à travers son représentant naturel, son tuteur, en l'occurrence son père.

— Et son père? demandai-je anxieusement.

— Son père, c'est moi. »

Il remit son chapeau, l'enleva pour faire le geste de saluer, et, s'inclinant, prononça :

« Théodore Massignac, quarante-deux ans, natif de Toulouse, commis voyageur en vins. »

Le choc fut violent. D'un coup, la vérité brutale m'apparaissait. Cet homme, ce personnage louche et cauteleux, était le père de Bérangère, et il venait au nom des deux complices, travaillant pour eux et mettant à leur service les pouvoirs qu'il tenait des circonstances.

« Son père... murmurai-je... est-ce possible? Vous êtes son père...

— Mon Dieu, oui, le papa de la jeune fille, répondit-il dans un accès d'hilarité, et, comme tel, bénéficiaire, usufruitier, durant dix-huit mois, du legs Noël Dorgeroux. Dix-huit mois seulement! vous imaginez si j'ai hâte de prendre possession du terrain, d'achever les travaux, et de préparer pour le 14 mai une inauguration qui soit digne en tous points de mon vieil ami Dorgeroux. »

Je sentis des gouttes de sueur qui perlaient à mon front. Il avait prononcé les paroles attendues et prédites. Il était l'homme que l'opinion publique avait annoncé : *A l'heure voulue quelqu'un sortira de l'ombre...*

IX

CELUI QUI EST SORTI DE L'OMBRE

A L'HEURE voulue, avait-on dit, quelqu'un sortira de l'ombre. A l'heure voulue, un visage se démasquera...

Ce visage, je l'avais devant moi, largement épanoui. Ce quelqu'un, qui allait jouer le jeu des complices, c'était le père de Bérangère. Et toujours se posait la même question, chaque fois plus angoissante :

« Quel avait été le rôle de Bérangère dans le drame affreux? »

Un lourd silence se prolongea entre nous. Je me mis à marcher à travers la pièce, puis m'arrêtai près de la cheminée, où brûlait un reste de feu. De cet endroit, je l'aperçus dans une glace, sans qu'il pût s'en douter, sa figure, au repos, m'étonna par une expression morne qui ne m'était pas inconnue. Sans doute avais-je vu de lui quelque portrait dans les mains de Bérangère.

« Il est curieux, lui dis-je, que votre fille ne vous ait pas écrit. »

Si vite que je me fusse retourné, il avait eu le temps d'élargir la bouche et de reprendre son sourire.

« Hélas! soupira-t-il, la chère enfant ne m'écrivait guère, et se souciait peu de son pauvre papa. Moi je l'aime bien. Une fille c'est toujours une fille, n'est-ce pas? Aussi quand j'ai vu dans les journaux qu'elle héritait, vous pensez si j'ai bondi de joie. Enfin, j'allais pouvoir me dévouer à elle et consacrer toutes mes forces et toute mon énergie à la défense de ses intérêts et de sa fortune. Quelle tâche admirable! »

Il avait une voix douceâtre et un air onctueux et faux qui m'exaspérait. Je l'interrogeai :

« Comment comptez-vous la remplir, cette tâche?

— Mais de la façon la plus simple, répliqua-t-il, en continuant l'œuvre de Noël Dorgeroux.

— C'est-à-dire?

— En ouvrant les portes de l'amphithéâtre.

— Ce qui signifie?

— Ce qui signifie que je montrerai au public les images que votre oncle faisait apparaître.

— Vous les avez vues, ces images?

— Non. J'en parle d'après vos dépositions et vos interviews.

— Mais vous savez comment mon oncle les faisait apparaître?

— Je le sais depuis hier soir.

— C'est donc que vous avez eu communication du manuscrit qui m'a été volé et de la formule que l'assassin a dérobée?

— Depuis hier soir, je le répète.

— Mais comment? m'écriai-je tout ému.

— Comment? Par un truc enfantin.

— Expliquez-vous. »

Il exhiba une liasse de journaux qui portaient la date de la veille et continua d'un petit air satisfait :

« Si vous aviez lu attentivement les journaux d'hier soir, du moins les plus importants, vous auriez lu, parmi les annonces, cette note discrète : « *Propriétaire de l'Enclos désire acheter les deux documents nécessaires à l'exploitation. Rendez-vous ce soir place Vendôme.* » Ça n'avait l'air de rien cette note, n'est-ce pas? Mais, pour les possesseurs des deux documents, quelle signification claire et quel appât surtout! Pour eux c'était une occasion unique de bénéfice, puisque, avec toute la publicité faire autour de l'affaire, ils ne pouvaient utiliser le produit de leurs vols sans se démasquer publiquement... Mon calcul était juste. Au bout d'une heure de station près de la colonne Vendôme, une automobile de grand luxe, qui ne s'arrêta pour ainsi dire pas, me cueillait, et, dix minutes plus tard, me déposait à l'Etoile. J'avais les documents. J'ai passé la nuit à lire le manuscrit. Ah! mon cher monsieur; quel génie que votre oncle! Quelle révolution que sa découverte! Et comme il l'expose magistralement, méthodiquement, et lumineusement! Ce qui me reste à faire n'est qu'un jeu de collégien. »

J'avais écouté le sieur Massignac avec une stupeur croissante. Supposait-il que personne au monde accorderait le moindre crédit à cette fable absurde?

Il riait cependant, ayant la mine d'un homme qui se félicite des événements auxquels il est mêlé, ou plutôt peut-être de la manière fort habile dont il croit les avoir conduits.

D'une main, je poussai vers lui son chapeau qu'il avait déposé sur la table, puis j'ouvris la porte du vestibule.

Il se leva et me dit :

« J'habite non loin d'ici... l'hôtel de la Gare. Voudriez-vous m'y faire porter toute lettre qui arriverait ici à mon nom? Car je ne pense pas que vous ayez de la place pour moi au Logis? »

Je lui saisis brusquement le bras et m'écriai :

« Vous savez ce que vous risquez, n'est-ce pas?

— En quoi faisant?

— En poursuivant votre entreprise.

— Ma foi, je ne vois pas bien...

— La prison, monsieur.

— Oh! oh! la prison...

— La prison, monsieur. Jamais la justice n'acceptera toutes vos histoires et tous vos mensonges. »

Sa bouche s'écarquilla dans un nouveau rire.

« Que de gros mots! et combien injustes quand ils s'adressent à un brave homme de père qui ne veut que le bonheur de sa fille! Non, non, croyez-le bien, monsieur, l'inauguration aura lieu le 14 mai... si toutefois vous ne vous opposez pas aux volontés exprimées par votre oncle dans son testament... »

Il m'interrogeait du regard, avec une certaine inquiétude, et moi-même, je demeurais indécis sur la réponse que je devais lui faire. Mon hésitation céda devant un motif dont je ne jugeai point nettement la valeur, mais qui me sembla si impérieux que je déclarai :

« Je ne m'y opposerai pas, non par respect pour un testament qui ne représente pas la volonté réelle de mon oncle, mais parce que je dois tout sacrifier à l'intérêt de sa gloire. Si la découverte de Noël Dorgeroux dépend de vous, agissez, monsieur, les moyens que vous avez employés pour en devenir le maître ne me regardent pas. »

Nouvel accès d'hilarité, salut qui le courba en deux, et l'individu sortit. Le soir même, au cours d'une visite qu'il rendit au notaire, et le lendemain par l'entremise des journaux, il exposait hardiment ses revendications, qui, d'ailleurs, au point de vue du droit, furent admises comme absolument légitimes. Mais le surlendemain, il était convoqué chez le juge d'instruction et une enquête s'ouvrit contre lui. Contre lui, c'est le mot propre. Certes, on ne put relever aucun fait à sa charge. Certes, il prouva que, malade, alité, soigné par une femme de ménage qui le gardait depuis un mois, il n'avait quitté son domicile de Toulouse que pour venir directement à Paris. Mais qu'avait-il fait à Paris? Qui avait-il vu? De qui tenait-il le manuscrit et la formule? Sur toutes ces questions il ne lui fut pas possible de s'expliquer.

Il ne le tentait même pas.

« Je suis contraint à la discrétion, disait-il. J'ai donné ma parole d'honneur de ne rien révéler sur ceux qui m'ont livré les documents nécessaires. »

La parole du sieur Massignac! Les scrupules du sieur Massignac! Mensonges, n'est-ce pas? hypocrisie? faux-fuyants? Mais, tout de même, si suspect que fût ce personnage, de quoi l'accuser et comment soutenir une accusation?

Et puis, chose bizarre, les soupçons, les présomptions, la certitude que le sieur Massignac était l'instrument et le complice des deux criminels, tout cela s'évanouissait dans le grand mouvement de curiosité qui emportait le monde entier. Les habitudes de la justice, les précautions ordinaires, les atermoiements, les délais légaux qui retardent l'entrée en jouissance des légataires, rien ne fut observé. On voulait voir et savoir, et le sieur Théodore Massignac était l'homme qui tenait dans sa main le secret prodigieux.

Il eut donc les clefs de l'amphithéâtre, et il y entra seul, ou avec des ouvriers qu'il surveillait, dont il renouvelait les équipes afin d'éviter les complots et les machinations. Souvent il allait à Paris, dépistait les agents attachés à ses trousses, et revenait avec des fioles et des bidons soigneusement enveloppés.

A la veille de l'inauguration, la justice n'était pas plus avancée qu'au premier jour en ce qui concernait le sieur Massignac, ou la retraite du sieur Velmot, ou celle de l'assassin, ou celle de Bérangère. Sur le secret de Noël Dorgeroux, sur les circonstances de sa mort, sur les mots énigmatiques inscrits par lui au plâtre du mur, même ignorance. Quant aux visions miraculeuses que j'avais racontées on les niait, ou on les acceptait avec la même ardeur et sans plus de motif d'un côté que de l'autre. Bref, on ne savait rien.

Et c'est pour cela peut-être que les mille places de l'amphithéâtre avaient été enlevées en l'espace de quelques heures. Emises au prix de cent francs, achetées par une demi-douzaine de spéculateurs, elles étaient revendues deux ou trois fois plus cher. Si mon pauvre oncle avait vécu, quelle n'eût pas été sa joie!

La nuit qui précéda le 14 mai, je dormis mal, obsédé de cauchemars qui me réveillaient en sursaut. Aux premières heures de l'aube, j'étais assis sur mon lit, lorsque, dans le grand silence que troublaient à peine quelques cris d'oiseaux, il me sembla entendre le bruit d'une serrure qui grince et d'une porte que l'on pousse.

Je dois dire que, depuis la mort de mon oncle, j'habitais près de la chambre qu'il occupait. Or le bruit venait de cette chambre, dont je n'était séparé que par une porte vitrée, recouverte d'un rideau d'andrinople. Je prêtai l'oreille. Un craquement de chaise déplacée parvint jusqu'à moi. Il y avait bien quelqu'un à côté, et ce quelqu'un, ignorant évidemment que je couchais dans la chambre voisine, ne prenait guère de précautions. Mais comment avait-il pu arriver jusque-là?

Je sautai de mon lit, passai mon pantalon, me munis d'un revolver, écartai un coin du rideau. Au premier abord, les volets étant clos et la pièce demeurant obscure, je ne vis qu'une ombre indistincte. Puis, doucement, la fenêtre fut ouverte. On souleva la barre de fer, on replia les volets, et la lumière pénétra.

Alors j'aperçus une femme qui s'en retournait à l'intérieur de la chambre. Une mante de laine brune la revêtait des pieds à la tête. Cependant, je la reconnus aussitôt. C'était Bérangère.

Plus que de la stupeur, je ressentis une pitié brusque et profonde à voir son visage amaigri, son pauvre visage, jadis si clair et si ardent, aujourd'hui triste et décoloré. Je ne pensais même pas à me réjouir qu'elle fût vivante, et ne me demandais point pour quelle besogne furtive elle revenait au Logis. Seul me captivait le spectacle douloureux de sa pâle figure aux yeux brûlés de fièvre, aux paupières bleuies. Sous sa mante, on devinait un corps chétif.

Son cœur devait battre affreusement, car elle serrait ses deux mains contre sa poitrine pour en comprimer les sursauts. Il lui fallut même s'appuyer au bord de la table. Elle chancelait, comme prête à tomber. Ma pauvre Bérangère, avec quelle angoisse je l'observais!

Elle se raidit pourtant et regarda autour d'elle. Puis la démarche vacillante, elle se dirigea vers la cheminée, où deux gravures anciennes, encadrées de baguettes noires à filets d'or, se faisaient pendant de chaque côté de la glace. Etant montée sur une chaise, elle décrocha celle de droite, qui était le portrait de d'Alembert.

Aussitôt redescendue, elle examina la face postérieure du cadre, laquelle était fermée par un vieux carton dont les bords étaient reliés aux baguettes du cadre à l'aide de bandes d'étoffe gommée. Bérangère se servit d'un canif pour couper ces bandes, tout en pesant sur les pointes qui maintenaient le carton. Il sortit du cadre. Alors je vis — Bérangère me tournant le dos, aucun détail ne m'échappait — je vis qu'il y avait, insérée entre le carton et la gravure, une grande feuille de papier que mon oncle avait couverte de son écriture.

En tête, à l'encre rouge, un dessin des Trois Yeux géométriques.

Puis ces mots, à l'encre noire, et en lettres majuscules : « Instruction nécessaire à l'exploitation de ma découverte, résumée d'après le manuscrit envoyé à mon neveu. »

Puis quarante ou cinquante lignes très serrées, et d'une écriture trop fine pour que je pusse les déchiffrer.

D'ailleurs, je n'en aurais pas eu le temps. Bérangère n'y jeta qu'un coup d'œil. Ayant trouvé ce qui était l'objet de son entreprise, maîtresse d'un document supplémentaire que mon oncle avait établi pour le cas où le manuscrit serait égaré, elle plia la feuille, la mit dans son corsage, replaça le carton et raccrocha la gravure.

Allait-elle partir? Elle ne le pouvait qu'en prenant le chemin par où elle était certainement venue, c'est-à-dire en traversant le cabinet de toilette de Noël Dorgeroux, situé de l'autre côté de la chambre, et dont elle avait laissé la porte entrouverte. Je me disposais à l'en empêcher, et je saisissais déjà la poignée de la serrure, quand subitement elle fit quelques pas vers le lit de mon oncle et s'abattit à genoux en tendant les mains avec désespoir.

Les sanglots montaient dans le silence. Elle balbutiait des mots que je perçus :

« Parrain... mon pauvre parrain... »

Et, passionnément, elle embrassa le drap de ce lit près duquel bien souvent elle avait veillé mon oncle aux heures de maladie.

La crise fut longue et ne cessa qu'au moment où j'entrai. Alors elle tourna la tête, me vit, et se releva lentement, sans me quitter des yeux.

« Vous!... C'est vous! » murmura-t-elle.

Comme elle reculait vers la porte, je lui dis :

« Ne t'en va pas, Bérangère. »

Elle s'arrêta, plus pâle encore, le visage contracté.

« Donne-moi la feuille de papier que tu as là », commandai-je.

Elle me la donna, d'un mouvement rapide. Je continuai, après un silence :

« Pourquoi es-tu venue la chercher? C'est mon oncle qui t'en avait révélé l'existence, n'est-ce pas? Et toi, tu l'apportais aux assassins de mon oncle pour qu'ils n'aient plus rien à craindre et qu'ils soient seuls à connaître ce secret? Parle donc, Bérangère. »

J'avais haussé la voix, et je m'approchais. Elle recula encore.

« Je te défends de bouger, m'écriai-je. Reste, écoute-moi et réponds! »

Elle ne bougea plus. Ses yeux avaient une telle expression de détresse que je m'apaisai.

« Réponds, lui dis-je très doucement. Tu vois bien que, quoi que tu aies fait, je suis ton ami... ton ami indulgent... et que je t'aiderai... que je te conseillerai... Il y a des sentiments qui résistent à tout. Celui que j'ai pour toi est de ceux-là, Bérangère... C'est plus que de la tendresse... tu le sais bien, n'est-ce pas? Tu sais que je t'aime? »

Ses lèvres s'agitèrent, elle eût voulu parler, mais elle n'y réussit point. Je lui dis encore plusieurs fois :

« Je t'aime... je t'aime. »

Et chaque fois elle tressaillait, comme si, ces mots, que je prononçais avec une émotion infinie, que je n'avais jamais prononcés avec autant d'élan grave et sincère, comme si ces mots l'eussent blessée au plus profond de son âme. L'étrange créature! J'essayai de lui poser ma main sur l'épaule. Elle évita ma caresse amicale.

« Que peux-tu redouter de moi? lui demandai-je, puisque je t'aime? Pourquoi ne pas tout m'avouer? Tu n'es pas libre, n'est-ce pas? On te force d'agir? Tout ce que tu fais, tu en as horreur? »

De nouveau, la colère montait en moi. J'étais exaspéré de son mutisme. Comment l'obliger à répondre? et comment vaincre cette obstination incompréhensible, sinon en l'étreignant contre moi et en cédant aux instincts de violence qui me poussaient à quelque action brutale.

J'avançai hardiment. Mais je n'avais pas fait un pas qu'elle tournoya sur elle-même, de telle façon que je crus qu'elle allait tomber par l'embrasure de la porte. Je la suivis dans l'autre pièce. Elle poussa un cri terrible. En même temps un choc brusque me renversa. Le sieur Massignac, qui était caché dans cette autre pièce et qui nous guettait, avait bondi sur moi et m'attaquait furieusement, tandis que Bérangère s'enfuyait vers l'escalier.

« Votre fille, bredouillai-je, en me défendant... votre fille... Retenez-la. »

Paroles incohérentes, puisque le sieur Massignac, à n'en pas douter, était le complice, ou plutôt l'inspirateur de Bérangère.

Il me le prouva du reste par son acharnement à me mettre hors de combat, afin de protéger sa fille contre ma poursuite.

Nous avions roulé sur le tapis, et chacun de nous essayait de maîtriser son adversaire. Il ne riait plus maintenant, le sieur Massignac. Il frappait à coups redoublés, mais sans se servir d'aucune arme et sans aucune intention de meurtre. Je ripostai avec le même entrain et ne tardai pas à me rendre compte que je le dominais. Cela me donna un surcroît d'énergie. Je réussis à l'écraser sous moi. Il se raidit de tout son être, vainement. Nous étions corps à corps, face à face, les yeux dans les yeux. Je lui saisis la gorge en grinçant.

« Ah! on va pouvoir s'expliquer, misérable, et je saurai enfin... »

Et tout à coup, je m'interrompis. Mes paroles s'arrêtèrent en un cri d'horreur et je plaquai ma main sur son visage, de manière à en cacher la partie inférieure et à ne plus voir que les yeux... Oh! ces yeux qui étaient rivés aux miens... mais je les connaissais! non pas avec leur expression habituelle de joie béate et fausse, mais avec leur autre expression que je retrouvais maintenant. Oui, oui, je les retrouvais maintenant, ces deux yeux implacables, haineux, féroces, sauvages... ceux que j'avais contemplés sur le mur de la chapelle... ceux qui m'avaient regardé le même jour lorsque, dans les bois voisins de l'Enclos, je haletais sous l'étreinte de l'assassin.

Et comme cette autre fois, subitement, ma force s'évanouit. Les yeux barbares m'épouvantaient, les yeux atroces, les vrais yeux du sieur Massignac.

Il se dégagea avec un rire de triomphe, et scanda :

« Pas de taille, mon petit. Faut pas te mêler de mes petites affaires. »

Puis, me repoussant, il s'enfuit du même côté que Bérangère.

Quelques minutes plus tard, je m'apercevais que la feuille de papier retrouvée par la fille derrière l'ancienne gravure, m'avait été dérobée par le père, et, seulement alors, je compris le sens exact de son agression.

Et l'après-midi de ce même jour eut lieu l'inauguration de l'amphithéâtre. Au contrôle siégeait le directeur de l'entreprise, le possesseur du grand secret, Théodore Massignac, l'assassin de Noël Dorgeroux.

X

LA FOULE VOIT

THÉODORE MASSIGNAC siégeait au contrôle! Théodore Massignac, s'il y avait une contestation, se levait et s'empressait d'y mettre fin! Théodore Massignac allait, venait, examinait les tickets, indiquait le chemin, jetait ici un mot aimable, là un ordre impérieux, et tout cela avec son éternel sourire et sa bonne grâce obséquieuse!

De l'embarras? Pas le moindre. Nul n'ignorait que Théodore Massignac fût cet être au mufle large et à la bouche trop fendue, qui attirait l'attention de tous. Et nul ne doutait que Théodore Massignac ne fût l'homme de paille de ceux qui avaient mené toute l'affaire et supprimé Noël Dorgeroux. Mais rien n'altérait l'humeur joyeuse de Théodore Massignac, ni les ricanements, ni l'hostilité des attitudes, ni la surveillance plus ou moins discrète des policiers attachés à sa personne. N'avait-il pas eu l'effronterie de dresser, à droite et à gauche de l'entrée, sur de grands chevalets, de hautes affiches représentant la belle figure grave et ingénue de Noël Dorgeroux?

Entre lui et moi, et à ce propos, une seule altercation, qui fut vive d'ailleurs, mais brève, et n'eut pas de témoins. Révolté par la vue des affiches, je m'approchai de lui un peu avant l'heure où l'on ouvrait les portes, et scandai d'une voix frémissante :

« Enlevez-moi ça... je vous défends... Le reste, soit. Mais pas ça, pas la honte d'un tel outrage! »

Il affecta un air ahuri.

« Un outrage? C'est un outrage d'honorer la

mémoire de votre oncle et d'afficher le portrait du génial inventeur, dont la découverte va révolutionner le monde? Je m'imaginais lui rendre hommage. »

Hors de moi, je balbutiai :

« Je vous défends... je n'accepte pas d'être complice de votre infamie.

— Mais si, mais si, dit-il en riant, vous accepterez ça, comme le reste. Ça fait partie du bloc, mon petit monsieur. Faut l'avaler. Et vous l'avalerez parce que la gloire de l'oncle Dorgeroux doit planer au-dessus de ces mesquineries. Je sais bien, parbleu, un mot de vous, et je suis coffré. Et après? Qu'est-ce que deviendra la grande invention? Dans le lac, n'est-ce pas, puisque je suis seul à posséder tous les secrets et toutes les formules. Le seul, vous entendez! L'ami Velmot, l'homme au lorgnon, n'est qu'un comparse, un instrument... Bérangère aussi. Alors Théodore Massignac à l'ombre, finies les mirobolantes visions signées Dorgeroux. Plus de gloire, plus d'immortalité. C'est-il ça que vous voulez, jeune homme? »

Sans attendre ma réponse, tout de suite, il ajouta :

« Et puis, il y a autre chose... quelques mots que j'ai surpris cette nuit... Ah! ah! cher monsieur, on aime Bérangère... on est prêt à la protéger contre tous les périls! Mais, en ce cas, soyez logique, qu'ai-je à craindre? Me dénoncer, c'est dénoncer la bien-aimée. Voyons, quoi, suis-je pas dans le vrai? Le papa et la petite... autant dire deux têtes dans le même bonnet. Si on coupe l'une, que deviendra l'autre? Hein, nous commençons à comprendre? On est plus sage? Allons tant mieux! Tout s'arrangera, croyez-le bien, vous aurez beaucoup d'enfants, et qu'est-ce qui me remerciera de lui avoir gagné une jolie dot? C'est Victorien. »

Il m'observa un instant, d'un air goguenard. Les poings serrés, je prononçai rageusement :

« Misérable!... Quel misérable vous faites! »

Mais des gens s'approchaient de nous, et il me tourna le dos après m'avoir dit à demi-voix :

« Chut, Victorien! N'insultez pas votre beau-père. »

Je me contins. L'abominable individu avait raison. J'étais condamné au silence par des motifs si puissants que Théodore Massignac pouvait achever sa tâche sans avoir à redouter de ma part le moindre sursaut de conscience. Noël Dorgeroux et Bérangère veillaient sur lui.

Cependant, l'amphithéâtre s'emplissait, et, par files pressées, les automobiles continuaient d'arriver, déversant le flot des privilégiés à qui leur fortune ou leur situation avait permis de payer les dix ou vingt louis d'une place. Financiers, millionnaires, comédiennes fameuses, directeurs de journaux, célébrités de l'art et des lettres, potentats du commerce anglo-saxon, secrétaires des grands syndicats ouvriers, tout le monde accourait avec une sorte de fièvre vers ce spectacle qu'on ignorait, dont aucun programme n'annonçait le détail, et que, bien plus, on n'était même pas sûr de contempler, puisqu'on ne savait si les procédés de Noël Dorgeroux avaient été réellement retrouvés et convenablement employés. Qui même pouvait affirmer, parmi ceux qui ajoutaient foi à mes récits, que Théodore Massignac n'avait point profité de toute cette affaire pour monter la plus gigantesque mystification? Ne lisait-on pas, sur les billets et sur les affiches, ces mots peu rassurants : « En cas de temps défavorable, les billets seront valables pour le lendemain.

Pour toute autre raison mettant obstacle à la représentation, aucune place ne sera remboursée, et aucune indemnité ne sera due. »

Mais rien n'avait retenu l'élan formidable de la curiosité. Confiants ou non, les gens voulaient être là. D'ailleurs, il faisait beau. Le soleil brillait dans un ciel sans nuages. Pourquoi ne pas s'abandonner à cette allégresse un peu anxieuse qui soulevait l'âme de la foule?

Tout était prêt. En quelques semaines, grâce à une activité prodigieuse et à un esprit d'organisation remarquable, Théodore Massignac avait complété et mis au point, avec l'aide des architectes et des entrepreneurs, et selon les plans élaborés, l'œuvre de Noël Dorgeroux. Il avait recruté un personnel nombreux, beaucoup d'hommes surtout, de carrure solide, largement payés, m'avait-on dit, et chargés de maintenir l'ordre. Quant à l'amphithéâtre, bâti en ciment armé, il était complètement aménagé et fort bien compris.

Douze rangs de fauteuils, munis de coussins mobiles, entouraient un parterre qui montait en pente douce et s'étageaient sur douze gradins disposés en un demi-cercle de large ouverture. Puis il y avait un pourtour de loges spacieuses, et, derrière, un promenoir, dont le plancher, somme toute, ne dépassait guère le sol que de trois ou quatre mètres.

En face, le mur... Il était très détaché de l'hémicycle, tout d'abord érigé sur une première assise, puis séparé des spectateurs par l'emplacement vide d'un orchestre. De plus, une grille de fer, de la hauteur d'un homme, en défendait l'approche, tout au moins dans sa partie centrale, mais une grille sérieuse, avec lances acérées et barreaux de traverse formant des mailles trop étroites pour qu'on y pût passer le bras.

La partie centrale, c'était l'écran, élevé ainsi à peu près au même niveau que le quatrième ou le cinquième gradin. Deux pilastres, dressés à huit ou dix mètres l'un de l'autre, le limitaient et soutenaient un portique en saillie. A ce moment tout cet espace était masqué par un rideau de fer, hâtivement peinturluré de paysages criards et de perspectives maladroites.

A cinq heures et demie, il n'y avait plus une place libre, et pas un coin qui ne fût occupé. La police avait ordonné la fermeture des grilles. La foule commençait à s'impatienter, et l'on sentait en elle, dans le bourdonnement de ses mille voix et de ses rires, un certain énervement. Les plaisanteries devenaient plus caustiques.

« Si cela rate, dit un de mes voisins, il y aura du grabuge. »

Je m'étais réfugié, avec quelques journalistes que je connaissais, dans le promenoir, au milieu d'une multitude bruyante, et d'autant plus hargneuse qu'elle n'avait point ses aises comme le public des fauteuils.

Un autre journaliste, toujours bien renseigné, et auquel j'avais eu souvent affaire en ces derniers temps, répondit :

« Oui, il y aura du grabuge, mais le danger pour l'estimable Massignac ne vient pas de là surtout. Il risque davantage.

— Quoi? demandai-je.

— Son arrestation.

— Hein?

— Parfaitement, son arrestation. Si la curiosité universelle, qui l'a soutenu jusqu'ici, autant et plus que le manque de preuves, est satisfaite, ça va bien. Sinon, en cas d'échec, la paille humide. Le mandat est signé. »

J'eus un frisson. Massignac arrêté, quelle menace pour Bérangère!

« Et soyez sûr, reprit mon interlocuteur, qu'il n'ignore pas ce qui lui pend au nez, et qu'au fond de lui il n'en mène pas large. »

Une rumeur plus forte était montée de la foule. En bas, Théodore Massignac traversait le parterre et franchissait l'espace vide de l'orchestre. Il était accompagné par une douzaine de ces gaillards solides qui composaient le personnel mâle de l'amphithéâtre. Il les installa sur deux banquettes qui leur étaient évidemment destinées, et, de l'air le plus naturel, leur donna ses instructions. Et sa mimique indiquait si clairement le sens des ordres donnés, cela signifiait si nettement ce qu'ils auraient à faire au cas où l'on essaierait d'approcher du mur, qu'une clameur de protestation s'éleva.

Massignac se tourna vers les spectateurs, sans paraître se démonter le moins du monde, et, la mine souriante, il eut un geste d'épaule nonchalant, comme s'il eût dit :

« Que voulez-vous? Je prends mes précautions. N'est-ce pas mon droit? »

Et, toujours avec sa bonhomie goguenarde, il tira une clef de son gilet et ouvrit une petite porte pratiquée dans la grille de fer. C'était la dernière enceinte avant le mur. Il y pénétra.

Cette façon de jouer au dompteur qui se met à l'abri derrière les barreaux de la cage, parut si comique que des éclats de rire se mêlèrent aux coups de sifflet.

« Il a raison, l'excellent Massignac, approuva mon voisin. Comme ça, il évite que les mécontents ne le passent à tabac, s'il échoue, et, s'il réussit, que les enthousiastes ne se précipitent sur le mur et ne se rendent compte du truc. C'est un malin, il a tout prévu. »

Il y avait un escabeau dans l'enceinte fortifiée. Théodore Massignac s'y assit de biais, à quatre pas en avant du mur et, braquant sa montre vers le public, il la tapota de l'autre main pour expliquer que l'heure décisive allait sonner.

Le crédit qu'il obtint ainsi dura quelques minutes. Mais le vacarme reprit aussitôt et devint assourdissant. On perdait soudain toute confiance. L'idée de la mystification s'imposait à tout le monde, d'autant qu'on ne saisissait pas bien pourquoi le spectacle devait commencer à telle heure plutôt qu'à telle autre, puisque cela ne pouvait dépendre que de Théodore Massignac.

« Rideau! rideau! » cria-t-on.

Au bout d'un moment, et non pas pour obéir à l'injonction, mais parce que les aiguilles de sa montre semblaient le lui commander, il se leva, s'approcha du mur, fit glisser une plaque de bois qui cachait deux boutons électriques, et posa le doigt sur l'un d'eux.

Le rideau de fer descendit lentement et s'enfonça dans le sol.

L'écran apparut tout entier, en plein jour, hors des proportions communes.

Je tressaillis devant cette surface plane, où s'étalait en une couche gris foncé le mystérieux enduit. Et le même frisson secoua la foule chez qui s'éveillait aussi le souvenir de mes dépositions. Etait-il possible que l'on fût sur le point d'assister à l'un de ces extraordinaires spectacles dont le récit avait suscité tant de polémiques? Avec quelle ardeur j'en faisais le vœu! En cette minute solennelle, j'oubliais toutes les phases du drame, toute mon horreur contre Massignac, tout ce qui se rapportait à Bérangère, à la folie de ses actes, aux angoisses de mon amour, pour ne penser qu'à la grande partie qui se jouait autour de la découverte de mon oncle. Ce que j'avais vu s'évanouirait-il dans les ténèbres d'un passé que, moi-même, seul témoin des miracles, je finissais par mettre en doute? Ou bien l'incroyable vision surgirait-elle une fois encore, et d'autres fois après celle-là, pour apprendre à l'avenir le nom de Noël Dorgeroux? Avais-je eu raison en sacrifiant au triomphe de la victime la vengeance que réclamait sa mort? Ou bien m'étais-je fait complice de l'assassin dont je ne dénonçais pas le crime abominable?

Aucun bruit maintenant ne flottait dans le grand silence. Les visages étaient crispés. Les regards s'écrasaient sur la muraille vide. On évoquait avec la même anxiété, l'anxiété de mes attentes en face de ce qui demeurait encore invisible, et qui se préparait dans les profondeurs de la matière. Et la volonté implacable de mille spectateurs s'unissait à la volonté de Massignac, lequel, debout, là-bas, le dos voûté, la tête en avant, interrogeait éperdument l'horizon impassible du mur.

Ce fut lui, le premier, qui vit la première lueur, la lueur annonciatrice. Un cri lui échappa, tandis que ses deux mains s'agitaient frénétiquement en l'air. Et presque aussitôt, comme des étincelles qui crépitent de tous les côtés, d'autres cris s'éparpillèrent dans le silence, qui se reforma instantanément, plus lourd et plus épais.

Les Trois Yeux étaient là.

Les Trois Yeux dessinaient sur l'écran leurs trois *triangles recourbés.*

En présence du phénomène inconcevable, le public n'eut pas à subir la sorte d'initiation par quoi j'avais passé. Pour lui, du coup, les trois figures géométriques si mornes, ni inertes qu'elles fussent, représentèrent trois yeux, et, pour lui, avant même qu'ils ne s'animassent, ce furent des yeux vivants. Aussi, quelle émotion infinie lorsque ces yeux sans paupières, faits de lignes sèches et symétriques, s'emplirent d'une expression subite qui nous les rendit intelligibles comme les yeux d'une créature humaine!

Expression dure, orgueilleuse, avec des éclairs de joie méchante. Et je savais, et nous savions tous, que ce n'était point une expression quelconque dont on avait doté arbitrairement les Trois Yeux, mais celle d'un être qui regardait dans la vie réelle avec ce même regard, et qui allait nous apparaître dans la vie réelle.

Puis, comme toujours, la ronde vertigineuse des trois figures commença. Le disque tourna. Et tout s'interrompit...

XI

LA BASILIQUE

La foule ne s'éveilla pas de sa stupeur. Elle attendait. La vision des Trois Yeux, elle en connaissait par moi la valeur de message, le sens très net d'illustration préalable, quelque chose qui eût été comme le titre ou comme l'affiche explicative du spectacle prochain. Elle se rappelait les yeux d'Edith Cavell, les yeux de Philippe Dorgeroux, les yeux de Bérangère, tous ces yeux que j'avais retrouvés, *après*, et elle se contractait dans son silence opiniâtre, comme si elle eût craint qu'un mot ou qu'un geste n'effarouchât le dieu invisible qui se cachait au creux du mur. Elle avait maintenant une certitude absolue. Il suffisait de cette première preuve de ma sincérité et de ma clairvoyance pour que je n'eusse plus un seul incrédule. Elle entrait tout de suite dans les régions que je n'avais atteintes que par étapes pénibles. Aucune révolte qui entravât sa sensibilité. Aucun doute qui gênât sa croyance. Vraiment, je ne voyais autour de moi qu'attention, gravité, enthousiasme contenu, exaltation réprimée.

Et tout cela éclata d'un coup, en une clameur immense qui monta vers le ciel. Devant nous, sur l'écran tout à l'heure désert et nu comme un champ de sable, avaient germé, spontanément, d'une seule poussée, des centaines, des milliers d'hommes, qui grouillaient dans un désordre inexprimable.

Ce fut certes la soudaineté et la complexité de la vision qui produisirent sur la foule un tel choc. Le jet brusque, hors du néant, de la vie innombrable, la secoua comme une commotion. En face d'elle, là où il n'y avait rien, voici que grouillait une autre foule, aussi dense qu'elle, dont l'agitation se mêlait à la sienne, et dont le bruit, qu'elle devinait, s'ajoutait à son propre tumulte! Durant quelques secondes, j'eus l'impression qu'elle perdait l'équilibre et qu'elle vacillait, prise de délire.

Cependant, elle réussit encore à se dominer. Le besoin non pas de comprendre — de cela, elle ne parut pas d'abord se soucier — mais de voir et de saisir la manifestation totale du phénomène dompta les forces déchaînées. Elle se tut de nouveau. Elle regarda. Elle *écouta*.

Là-bas — je n'ose pas dire sur l'écran, car en

vérité, si anormales qu'en fussent les proportions, le spectacle débordait du cadre et remplissait l'espace — là-bas, ce qui nous avait semblé le désordre et le chaos s'organisait suivant un rythme que nous avions fini par dégager. Les allées et venues étaient celles d'artisans qui se livrent à un travail bien réglé, et ce travail était celui qui s'effectue autour d'une énorme bâtisse en cours de construction.

Or, tous ces artisans étaient vêtus d'une façon absolument différente de la nôtre, et, d'autre part, les outils dont ils se servaient, l'aspect de leurs échelles, la forme de leurs échafaudages, leur manière de porter les fardeaux et de hisser aux étages supérieurs, dans les corbeilles d'osier, les matériaux nécessaires, tout cela, et une infinité de choses, nous jetait d'emblée au milieu d'une époque qui devait être le XIIIe ou le XIVe siècle.

De nombreux moines surveillaient les travaux, criaient des ordres d'un bout à l'autre de l'immense chantier, prenaient des mesures, et ne dédaignaient pas de gâcher eux-mêmes le mortier, de pousser un chariot, ou de scier une pierre. Des femmes du peuple, qui lançaient leurs appels à plein gosier, se promenaient avec des brocs de vin qu'elles versaient dans des gobelets aussitôt vidés par les buveurs. Un mendiant passa. Deux chanteurs déguenillés se mirent à hurler en s'accompagnant sur des sortes de guitares. Et une troupe d'acrobates, tous estropiés, ou manchots, ou culs-de-jatte, s'apprêtaient à faire la parade, lorsque la scène changea sans transition, comme un décor qui se transformerait par un simple déclic.

Ce fut, d'ailleurs, la même image d'édifice en construction. Mais cette fois on voyait nettement le plan de l'édifice, toute la base d'une cathédrale gothique qui s'étalait, formidable. Et sur ces assises, arrêtées au niveau inférieur des tours, de même que le long des portails, ou devant les niches, ou sur les marches du parvis, de tous côtés enfin pullulaient les maçons, les tailleurs de pierre, les statuaires, les charpentiers, les apprentis, les moines.

Et les costumes n'étaient plus semblables. Un siècle ou deux avaient passé.

Alors il y eut une suite d'images qui se succédèrent sans qu'il fût possible de les détacher les unes des autres et d'assigner à l'une quelconque d'entre elles un commencement et une fin. Par un procédé indubitablement analogue à celui qui nous montre, au cinéma, la croissance d'une plante, nous vîmes la cathédrale s'élever insensiblement, s'épanouir comme une fleur dont les pétales, adorablement découpés, un à un se déplient, et, finalement, s'achever sous nos yeux, toute seule, en dehors de toute participation humaine. Ainsi vint un moment où elle se dressa en plein ciel dans sa splendeur et dans sa force harmonieuse. C'était la cathédrale de Reims, avec ses trois portails rentrants, avec son peuple de statues, avec sa belle rosace, avec ses tours admirables flanquées de tourelles aériennes, avec ses contreforts, avec les dentelles de ses sculptures et de ses galeries à jour, la cathédrale de Reims telle qu'on la vit pendant des siècles, avant que les Barbares ne l'eussent mutilée.

Un long frémissement courut dans la foule. Elle comprenait bien, ce qu'il est difficile de faire comprendre maintenant, au moyen de mots insignifiants, à ceux qui n'ont pas vu, elle comprenait bien qu'il y avait en face d'elle autre chose que l'image photographiée d'un édifice. Et, comme elle avait l'intuition profonde et juste de n'être point dupe d'une inadmissible supercherie, elle était envahie et bouleversée par le sentiment troublant qu'elle assistait au plus prodigieux des spectacles — l'érection *réelle* d'une église au Moyen Age, le travail *réel* d'un chantier au XIIIe siècle, l'existence *réelle* de moines et d'artistes bâtissant la cathédrale de Reims. Pas une seconde, éclairée par son instinct subtil, elle ne mit en doute le témoignage de ses yeux. Ce que j'avais nié, moi, ou du moins ce que je n'avais admis que comme une illusion, avec des réserves et des sursauts d'incrédulité, elle l'accepta comme une certitude contre quoi il eût été fou de s'insurger. Ce n'était pas une évocation artificielle du passé. C'était le passé lui-même qui ressuscitait dans sa réalité vivante.

Réalité également que la transformation lente qui continuait à s'effectuer, non plus dans les lignes mêmes de l'édifice, mais dans sa substance, pourrait-on dire, et qui se révélait par des modifications progressives qu'il n'était possible d'attribuer qu'à la seule action du temps. La grande masse blanche s'assombrit. Le grain des pierres s'usa et s'effrita, et elles prirent cet aspect d'écorce rugueuse que leur donne le grignotement des années patientes. Certes, elle ne vieillissait pas, mais elle vivait, car l'âge c'est la beauté et la jeunesse des pierres auxquelles l'homme imposa la forme de ses rêves.

Elle vivait et respirait à travers les siècles, plus fraîche à mesure qu'elle se fanait, plus ornée à mesure que ses légions de saints et d'anges se mutilaient. Elle chantait son hymne pieux en plein ciel, au-dessus des maisons qui, peu à peu, avaient caché ses portails et ses bas-côtés, au-dessus de la ville dont elle dominait les toits pressés, au-dessus des campagnes et des collines qui composaient l'horizon indistinct.

Plusieurs fois des êtres vinrent s'appuyer au balcon de quelque galerie aérienne, ou se montrèrent dans le cadre des hautes croisées et, par les costumes de ces êtres, on pouvait noter la marche des époques. Nous vîmes ainsi des bourgeois d'avant la Révolution, puis des militaires de l'Empire, puis d'autres bourgeois du XIXe siècle, puis des ouvriers qui poursuivaient des travaux de restauration.

Une dernière apparition s'offrit à nous, un groupe d'officiers français en tenue de campagne. Ils arrivèrent en hâte au sommet d'une tour, braquèrent leurs jumelles et redescendirent. Çà et là, sur la ville et la campagne, planaient ces petits nuages enroulés qui indiquent l'éclatement d'obus.

Le silence de la foule devint anxieux. Les regards étaient fixes, inquiets. Tous nous pressentions ce qui allait se passer et jugions, dans son ensemble, un spectacle qui ne nous avait montré la lente éclosion et le merveilleux développement de la cathédrale que pour aboutir au dénouement dramatique. Nous l'attendions, ce dénouement. Il se dégageait de la pensée directrice qui donnait au film son unité et sa raison d'être. Il était logique comme le dernier acte d'une tragédie classique. Mais pouvions-nous prévoir toute la grandeur farouche et toute l'horreur qu'il contenait? Pouvions-nous prévoir que le bombardement de la cathédrale de Reims ne faisait partie lui-même du dénouement que pour le préparer, et qu'au-delà du coup de théâtre brutal qui allait ébranler nos nerfs et secouer notre cerveau, il y aurait le coup de théâtre du plus formidable et du plus rigoureux enseignement?

Le premier obus tomba sur la partie nord-est de la cathédrale, à un endroit que nous ne pouvions pas voir, puisque l'édifice, bien qu'aperçu de nous d'un peu haut, ne nous présentait que sa masse occidentale. Mais une lueur s'alluma, comme un éclair d'orage, et une colonne de fumée tourbillonna dans le ciel pur.

Et presque simultanément, trois autres obus, trois autres explosions, dont les nuages se confondirent. Un cinquième coup tomba plus avant, au milieu du toit. Une grande flamme s'élança. La cathédrale de Reims brûlait.

Alors il se produisit des phénomènes vraiment inexplicables en l'état des ressources cinématographiques dont nous disposons. Je dis cinématographiques bien que le mot ne soit peut-être pas juste, mais comment parler autrement des visions miraculeuses de l'Enclos? Et à quoi se rattacher pour décrire la parabole *visible* du sixième obus, que nous suivîmes des yeux dans l'espace, qui s'arrêta même un moment, pour reprendre sa course lente et pour s'arrêter de nouveau à quelques centimètres de la statue qu'il allait frapper — statue de sainte ingénue et charmante, qui levait les bras vers Dieu, et dont le visage avait l'expression la plus douce, la plus heureuse et la plus confiante — chef-d'œuvre de grâce et de beauté, créature divine qui, depuis des siècles, cloîtrée dans son asile, entre des nids d'hirondelles, vivait son humble vie de prière et d'adoration, et qui souriait à la mort menaçante... Une lueur... De la fumée... A la place de la sainte et de la niche finement ciselée, un trou béant!

C'est à cet instant que je sentis autour de moi s'éveiller la colère et la haine. L'assassinat de la petite sainte indigna la foule, et précisément il arriva que cette révolte eut l'occasion de s'exprimer. Devant nous la cathédrale diminuait tout en se rapprochant. Elle sembla sortir du cadre, tandis que les paysages lointains venaient à notre rencontre. Une colline, hérissée de fils de fer, creusée de tranchées, et semée de cadavres, se dressa, puis s'enfonça, et nous en vîmes le sommet qui était fortifié de bastions et de coupoles cimentées.

D'énormes canons s'y allongeaient, et toute une nuée de soldats allemands s'empressaient en tous sens. C'était la batterie qui bombardait la cathédrale de Reims.

Au centre, il y avait un groupe de généraux, jumelles en main, sabre décroché. A chaque coup, ils lorgnaient, puis hochaient la tête d'un air de satisfaction.

Mais un grand mouvement se fit parmi eux. Ils se rangèrent sur une seule ligne et prirent une attitude d'automates pendant que les soldats continuaient à servir les pièces. Et soudain surgit, par l'autre côté de la forteresse, une automobile accompagnée d'une escorte de cavaliers. Elle s'arrêta sur la plate-forme. Il en descendit un homme casqué, recouvert d'une ample pèlerine que relevait le fourreau d'un sabre, dont il tenait la poignée. Très vite, il s'avança au premier plan. Nous reconnûmes le kaiser.

Il offrit la main à l'un des généraux. Les autres saluèrent, de plus en plus rigides, puis, sur un signe du maître, se détendirent et se formèrent en demi-cercle autour de lui et du général dont il avait serré la main.

On causa. Le général, après quelques explications et des gestes qui devaient montrer la ville, fit apporter et régler une longue-vue contre laquelle le kaiser appliqua son œil.

L'une des pièces était prête. L'ordre fut donné.

Sur l'écran, deux images rapides se succédèrent, celle d'une balustrade de pierre sculptée s'effondrant sous l'obus, et celle de l'empereur se redressant aussitôt après.

Il avait vu! Il avait vu, et sa figure qui nous apparut subitement agrandie, et seule sur l'écran, rayonnait d'une joie intense.

Il se mit à parler avec volubilité. Ses grosses lèvres, sa moustache taillée en brosse, ses bajoues creusées de rides, tout remuait à la fois. Mais, comme une autre pièce sans doute était sur le point de tirer, il se contint et regarda vers la ville. A ce moment, sa main droite se porta à la hauteur des yeux, un peu en dessous, de sorte que nous les aperçûmes isolément entre cette main et la visière du casque. Ils étaient durs, méchants, pleins d'orgueil, implacables. C'était bien l'expression des Trois Yeux miraculeux qui avaient palpité devant nous.

Ils s'éclairèrent. Un mauvais sourire les anima. Ils voyaient ce que nous vîmes en même temps, tout un bloc de chapiteaux et de corniches qui s'effondraient, et de nouvelles flammes qui montaient en gerbes furieuses. Alors, l'empereur éclata de rire. Une vision nous le montra courbé en deux et se tenant les côtes au milieu du groupe des généraux que secouait le même fou rire. Il riait! Il riait! C'était si drôle! La cathédrale de Reims qui flambait! La vénérable basilique où les rois de France venaient se faire sacrer tombait en ruines! La force allemande atteignait l'ennemi jusqu'au cœur. Les gros canons allemands détruisaient de la beauté et de la noblesse! Et c'était lui qui avait voulu tout cela, lui l'empereur, le roi de Prusse, le maître du monde! Lui, Guillaume de Hohenzollern... Mon Dieu! Quelle joie de rire tout son soûl, à gilet déboutonné, d'un rire loyal et naïf de bon Allemand!...

Une tempête de huées se déchaîna dans l'amphithéâtre. La foule entière s'était levée. Des poings se tendaient. Des insultes fusaient. Les huissiers durent engager la lutte avec une troupe de furieux qui avaient envahi l'orchestre.

Derrière les barreaux de sa cage, Théodore Massignac s'inclina et pressa un bouton. Le rideau de fer monta.

XII

« LES FORMES »

Au matin du jour qui suivit cette séance mémorable, je me réveillai tard, après une nuit fiévreuse, durant laquelle il me sembla, par deux fois, entendre le bruit d'une détonation.

« Cauchemars! pensai-je en me levant. Les visions du bombardement m'ont obsédé, et c'est l'éclatement des obus que j'ai entendu. »

L'explication était plausible. Les fortes émotions de l'amphithéâtre, succédant à ma rencontre avec Bérangère au cours de l'autre nuit, et à ma lutte avec Massignac, avaient déterminé en moi un tel état d'excitation nerveuse! Mais, comme j'entrais dans la salle où mon café était servi, Massignac y pénétra vivement, porteur d'une liasse de journaux qu'il jeta sur la table, et je vis sous son chapeau un bandage qui lui barrait le front. Etait-il blessé? Et devais-je croire qu'il y avait eu réellement des coups de fusil du côté de l'Enclos?

« Faites pas attention, dit-il, une simple égratignure. Je me suis cogné. »

Et, me montrant les journaux :

« Lisez ça plutôt. C'est le triomphe du Maître. »

Je ne protestai pas contre l'intrusion de l'abominable personnage. Le triomphe du Maître, comme il disait, et le salut de Bérangère, me contraignaient décidément à un silence dont il devait profiter jusqu'à l'achèvement de ses desseins. Il se trouvait dans la maison de Noël Dorgeroux comme chez lui, et son attitude montrait qu'il avait conscience de ses droits autant que de mon impuissance. Cependant, si arrogant qu'il fût, il me parut soucieux et distrait. Il ne riait pas, et, sans son rire de brave homme, Théodore Massignac me déconcertait encore davantage.

« Oui, reprit-il en se redressant. C'est la victoire, la victoire acceptée par tout le monde. Pas une fausse note dans tous les articles. Ahurissement et enthousiasme. Stupeur et lyrisme échevelé. Ça ne varie pas, et, par contre, aucune explication qui tienne debout. Tous ces gens sont médusés. Des aveugles qui marchent sans bâton. Non, mais faut-il que le monde soit bouché! »

Il se planta devant moi, et, brusquement :

« Alors, quoi? Vous ne devinez pas? Comme c'est drôle! Maintenant que je connais la chose, ça me pétrifie qu'on ne la comprenne pas. Une découverte inouïe, soit, mais si simple! Et encore peut-on appeler ça une découverte? Car, enfin... Non, voyez-vous, toute cette histoire est tellement à la portée du premier venu qu'on ne traînera pas longtemps à la débrouiller. Demain, après-demain, il y aura un client quelconque qui dira : « Le truc de l'Enclos? « Mais j'y suis. » Et ça y sera. Pas besoin d'être un savant pour ça, allez. Au contraire! »

Il haussa les épaules.

« Je m'en moque, du reste. Qu'on trouve tout ce

qu'on voudra, n'empêche qu'il faut la formule, et qu'elle n'est nulle part ailleurs qu'au fond de mon cerveau. Personne ne la connaît, pas même l'ami Velmot. La plaque d'acier de Noël Dorgeroux? Fondue. Les instructions laissées par lui au dos du portrait de d'Alembert? Brûlées. Donc, pas de concurrence possible. Et, comme les places de l'amphithéâtre s'enlèvent à coups de billets, avant quinze jours, j'aurai un million en poche. Avant trois semaines, deux millions. Sur quoi, bonsoir la compagnie, je décampe. Bigre! faut pas tenter le destin ni les gendarmes. »

Il saisit les deux revers de mon veston, et, bien en face, les yeux dans les yeux, avec une voix plus grave, il me dit :

« Il n'y a qu'une chose qui me chiffonnerait, c'est de songer que toutes ces belles images ne pourraient plus apparaître sur l'écran quand je ne serai plus là. Hein? Est-ce possible? Plus de ces spectacles miraculeux? Plus de ces contes de fées dont on parlera jusqu'à la fin des siècles? Non, n'est-ce pas? Le secret de Noël Dorgeroux ne doit pas être perdu. Alors j'ai pensé à vous... Dame! vous êtes son neveu. Et puis, vous aimez ma chère Bérangère... Un jour ou l'autre, vous l'épouserez... Et, comme je travaille pour elle, n'importe que l'argent lui arrive par vous ou par moi, n'est-ce pas? Ecoutez-moi, Victorien Beaugrand, et rappelez-vous les moindres de mes mots. Ecoutez-moi. Vous avez remarqué que le soubassement du mur au-dessous de l'écran est en forte saillie. Noël Dorgeroux y a pratiqué une sorte de cellule où sont enfermés plusieurs bidons de substances diverses et une cuve de cuivre. Dans cette cuve on mélange, selon des proportions fixées, certaines quantités de ces substances, auxquelles on ajoute le liquide d'une petite fiole préparée le matin des séances, suivant la formule de votre oncle. Et alors, une heure ou deux avant le coucher du soleil, on trempe un fort pinceau dans l'enduit ainsi obtenu, et on en barbouille très également la surface de l'écran. Vous faites cela pour chaque séance, si vous voulez que les images soient nettes, et, bien entendu, seulement les jours où aucun nuage ne s'interpose entre le soleil et l'écran. Quant à la formule, elle n'est pas bien longue... en tout quinze lettres et douze chiffres... que voici... »

Massignac répéta lentement, d'un ton plus indécis :

« Quinze lettres et douze chiffres... Une fois que vous les saurez par cœur, vous pourrez être tranquille... Moi aussi... D'ailleurs, qu'est-ce que je risque en vous parlant? Vous me jurez de ne rien dire, hein? Et puis, je vous tiens par Bérangère, n'est-ce pas?... Donc, ces quinze lettres... »

Il hésitait visiblement. Les mots semblaient lui coûter de plus en plus. Et soudain, il me repoussa et frappa la table du poing, dans un accès de rage.

« Eh bien, non, cent fois non, je ne parlerai pas. Ce serait trop bête! Non, je tiendrai le coup, à moi tout seul. Arrive qui plante! Moi, lâcher l'affaire pour deux millions? Mais pas pour dix! Pas pour vingt! Je monterai la garde pendant des mois s'il le faut, comme j'ai fait cette nuit, le fusil à l'épaule... et quiconque entrera dans l'Enclos, je l'abats comme un chien. Le mur est à moi, Théodore Massignac. Que personne n'y touche! Que personne n'essaie de m'en prendre un morceau. C'est mon secret! C'est ma formule! J'ai acheté la marchandise à coups de couteau. Je la défendrai jusqu'à mon dernier souffle, et, si je crève, tant pis, je l'emporterai dans la tombe! »

Il brandissait son poing vers d'invisibles ennemis.

Puis, brusquement, il m'empoigna de nouveau :

« Oui, si je crève... Les choses en sont là. Mon arrestation, les gendarmes, je m'en contrefiche. Ils n'oseront pas. Mais le voleur caché dans l'ombre... l'assassin qui me tire dessus, comme cette nuit, tandis que je montais la garde... Car tu as entendu, Victorien Beaugrand? Oh! une simple éraflure. Et ce salaud-là, je prendrai le temps de viser... Ah! moi également, je l'ai raté... Mais la prochaine fois, salaud! crapule! »

Il se mit à me secouer violemment :

« Mais toi aussi, Victorien, c'est ton ennemi. Tu ne comprends donc pas? L'homme au monocle? Le sieur Velmot? s'il veut me voler mon secret, il veut te voler à toi celle que tu aimes. Un jour ou l'autre, tu auras ton compte, tout comme moi. Vas-tu pas te défendre, sacrée poule mouillée, et l'attaquer à l'occasion? Si je te disais que Bérangère l'aime? Hein, ça te fait sauter! Mais tu es donc aveugle? Tu ne vois donc pas que c'est pour lui qu'elle travaillait tout l'hiver et que, si je n'y avais pas mis le holà, j'étais rincé? Elle l'aime, Victorien. C'est l'esclave obéissante du beau Velmot. Mais casse-lui donc la gueule, à ce bellâtre! Il est là. Il rôde dans le village. Je l'ai reconnu cette nuit. Ah! Dieu de Dieu, si je pouvais lui trouer la peau! »

Massignac cracha encore quelques jurons entremêlés d'insultes qui s'adressaient autant à moi qu'à Velmot. Il qualifia sa fille de coquine et de folle dangereuse, me menaça de mort si je commettais la moindre indiscrétion, et, finalement, l'injure à la bouche et le poing tendu, sortit à reculons comme un homme qui redoute une agression suprême de l'adversaire.

Il n'avait rien à redouter. J'étais impassible sous le choc des outrages. Seules m'avaient remué son accusation contre Bérangère et cette affirmation brutale de l'amour qu'elle portait au sieur Velmot. Mais, depuis longtemps, j'avais résolu de ne point tenir compte des sentiments que je gardais à la jeune fille, de ne pas les connaître, même de ne point la défendre, ni la condamner, ni la juger, et d'attendre, pour souffrir, que les événements m'eussent placé devant des preuves irrécusables.

Au fond, ce qui persistait en moi, me semblait-il, c'était une grande pitié. Le drame affreux où Bérangère avait sombré, redoublait de violence. Théodore Massignac et son complice se dressaient l'un contre l'autre. Une fois encore le secret de Noël Dorgeroux allait déchaîner les passions, et tout faisait prévoir que Bérangère serait emportée dans la tourmente.

La lecture des journaux confirma ce que m'avait dit Massignac. Je les ai sous les yeux, à l'heure où j'écris ces lignes. Tous ils expriment le même enthousiasme, et aucun ne laisse rien pressentir d'une vérité qui était cependant sur le point d'être découverte. Tandis que les ignorants et les superficiels se mettent éperdument à l'œuvre et entassent les suppositions les plus saugrenues, les hommes de réelle culture, se tenant sur la réserve, paraissent avant tout préoccupés de réagir contre une idée de miracle à laquelle il eût été possible qu'une partie du public tendît à se rattacher, et ils s'écrient :

« Il n'y a pas de miracle! Nous sommes en présence d'une énigme scientifique qui sera résolue par des moyens purement scientifiques. Jusque-là, avouons notre incompétence totale. »

Quoi qu'il en soit, les commentaires de la presse ne pouvaient que surexciter l'émotion publique. A six heures du soir l'amphithéâtre était pris d'assaut.

Le service d'ordre, tout à fait insuffisant, s'opposait vainement à l'invasion de la foule. Bien des places furent occupées, de haute lutte, par des gens qui n'y avaient aucun titre, et la séance commença dans le tumulte et dans la confusion, au milieu des clameurs hostiles et des applaudissements forcenés qui accueillirent le sieur Massignac lorsqu'il eut franchi les grilles de sa cage.

Certes, la foule fut réduite au silence dès l'apparition des Trois Yeux, mais elle demeura nerveuse et irritable, et le spectacle qui suivit ne fut point pour la détendre. Etrange spectacle, le plus incompréhensible de tous ceux que j'ai contemplés! Pour les autres, ceux d'avant et ceux d'après, le mystère résidait dans le fait seul de leur présentation. On assistait à des scènes normales et naturelles. Celui-là nous offrit *de ces choses qui sont le contraire de ce qui est*, de ces choses comme il peut s'en passer dans les cauchemars d'un fou et dans les hallucinations du moribond qui délire.

Comment en parler sans avoir l'air moi-même de perdre la raison? Je ne l'oserais vraiment pas, si mille personnes n'avaient été les témoins de la même fantasmagorie grotesque, et si cette vision « loufoque » — c'est le seul mot juste — n'avait pas été justement la cause déterminante qui entraîna le monde dans la voie de la vérité.

Mille témoins, ai-je dit, mais mille témoins, je l'avoue, qui, par la suite, diffèrent dans leurs témoignages, tellement les impressions reçues par eux furent incohérentes — et tellement aussi tout cela fut rapide!

Et moi-même, après tout, qu'ai-je vu? Des formes animées. Oui, voilà tout. Des formes vivantes. Toute chose visible a une forme. Un rocher, une pyramide, un échafaudage autour d'une maison, ont une forme, mais ils ne vivent point, n'est-ce pas? *Cela* vivait. *Cela* n'avait peut-être pas plus de rapport avec la forme d'un être vivant qu'avec la forme d'un rocher, d'une pyramide ou d'un échafaudage. Cependant, il n'était point douteux que *cela* n'agît à la manière d'un être qui vit, qui se meut, qui se dirige, qui obéit à des motifs individuels, et qui atteint un but qu'il a choisi.

De ces formes, je ne tenterai pas la description. Comment le pourrais-je, d'ailleurs, étant donné qu'elles différaient toutes les unes des autres, et *qu'elles différaient d'elles-mêmes,* en l'espace d'une seconde? Imaginons un sac de charbon (la comparaison s'imposait à cause de l'aspect noir et bossué des Formes), imaginons un sac de charbon qui se gonflerait jusqu'à devenir le corps d'un bœuf, pour retomber aussitôt aux proportions d'un corps de chien, et pour s'élargir ensuite ou bien pour s'étirer en longueur. Imaginons que, de cette masse qui paraît inconsistante comme le corps gélatineux des méduses, il sorte parfois trois petits tentacules, pareils à des mains. Supposons enfin l'image d'une ville, d'une ville non pas horizontale, mais verticale, avec des rues dressées comme des échelles, et, le long de ces artères, *les Formes qui s'élèvent ainsi que des ballons.* Telle est la première vision, et, tout en haut de la ville, par centaines et par milliers, les Formes affluent de tous côtés et débouchent sur un espace horizontal où elles grouillent comme des fourmis.

J'ai l'impression, et cette impression fut générale, que cet espace est une place publique. Un monticule en marque le centre. Des Formes s'y tiennent immobiles. D'autres s'en approchent au moyen de ces gonflements et dégonflements successifs qui paraissent être leur mode d'avancer. Et ainsi, sur le passage d'un groupe peu important, et qui semble porter une Forme inerte, la multitude des Formes vivantes s'écarte.

Que se produit-il alors? Si nettes que soient mes sensations, et si exacts les souvenirs que j'en ai gardés, j'hésite à les transcrire en phrases. Je le répète : la vision dépasse les bornes de l'absurdité, tout en provoquant une horreur qu'on subit sans la comprendre. Car enfin, qu'est-ce que cela signifie? Deux Formes puissantes projettent leurs tentacules, lesquels entourent la Forme inerte qui fut apportée, la compriment, la déchirent, la réduisent, et, la levant en l'air, brandissent une petite masse qu'ils ont séparée, comme une tête que l'on coupe, de la Forme primitive, et où s'écarquillent, vides de paupières, vides d'expression, les Trois Yeux géométriques!

Non, cela ne signifie rien. Ce sont des visions sans suite et sans réalité. Et, pourtant, notre cœur reste serré d'angoisse, comme si nous venions d'assister à un assassinat ou à une exécution. Et, pourtant, ces visions incohérentes furent peut-être ce qui contribua le plus à la découverte de la vérité. Leur illogisme amena une explication logique des phénomènes. L'excès des ténèbres avait allumé une première lueur...

Aujourd'hui, ce que j'appelle, en évoquant le passé, incohérence et ténèbres, me semble ordonnance parfaite et clarté absolue. Mais, en cette fin d'après-midi, où s'amassait d'ailleurs un orage au lointain du ciel, la foule, remise de son angoisse, devint plus bruyante et plus agressive. Le spectacle l'avait déçue. Elle n'y avait rien trouvé de ce qu'elle attendait, et manifestait son mécontentement par des cris de menace à l'adresse de Théodore Massignac. Les incidents qui allaient marquer le dénouement brusque de la séance se préparaient.

« Massignac! Massignac! » scandait-on.

Debout au milieu de sa cage, la tête tournée vers l'écran, il épiait les symptômes possibles d'une autre vision. Et, de fait, à bien y regarder, ces symptômes existaient. On eût dit, plutôt que des visions, des reflets de visions qui effleuraient la surface du mur comme des nuées légères.

Soudain, Massignac étendit le bras. Les nuées légères prenaient des contours rigoureux, et l'on s'aperçut que, par-dessous ce brouillard, le spectacle avait recommencé et qu'il continuait.

Mais il continua péniblement, avec des éclipses totales, et des moments de pénombre où les scènes se déroulaient dans la brume. On voyait alors des rues presque désertes dont la plupart des boutiques étaient fermées. Personne aux portes ou aux fenêtres.

Une charrette, qu'on apercevait par intervalles, suivait ces rues. Elle portait, en avant, deux gendarmes habillés comme au temps de la Révolution; en arrière, un prêtre, et un homme en habit, culotte foncée et bas blancs.

Une vision isolée nous présenta la figure et le buste de cet homme. Je reconnus, et, en général, tout le public de l'amphithéâtre reconnut la figure épaisse et lourde du roi Louis XVI. Il regardait d'un air fixe et dur.

Nous le revîmes, après quelques intermittences, sur une grande place entourée de canons et noire de soldats. Il montait les marches raides d'un échafaud. Il n'avait plus ni habit ni cravate. Le prêtre le soutenait. Quatre bourreaux essayèrent de le saisir.

Je suis obligé d'interrompre ici la relation, que je fais le plus sèchement possible, de ces fugitives apparitions, pour bien spécifier qu'elles ne produisirent pas sur le moment l'effet d'épouvante que l'on pourrait croire en me lisant. Elles furent trop brèves, comment dirais-je?... trop décousues — et si mauvaises au point de vue strictement cinématographique où le public se plaçait malgré lui, qu'elles suscitaient, au lieu d'anxiété, de l'irritation et de la colère.

On avait subitement perdu toute confiance. On riait et on chantait. On conspuait Massignac. Et les invectives redoublèrent lorsque, sur l'écran, un des bourreaux montra la tête coupée du roi et s'évanouit dans le brouillard ainsi que l'échafaud, les soldats et les canons.

Il y eut encore quelques essais timides, essais de film où plusieurs personnes prétendent avoir reconnu la reine Marie-Antoinette et qui firent patienter un public désireux d'assister jusqu'au bout à un spectacle si chèrement payé. Mais le mouvement de la foule ne pouvait plus être contenu.

Qui le déchaîna? Qui s'élança le premier et provoqua le désordre et, par la suite, la panique? L'enquête n'a pas réussi à l'établir. Sans doute, la foule entière obéit-elle au désir de donner libre cours à son mécontentement, et les plus turbulents en usèrent-ils pour malmener Théodore Massignac, et même pour monter à l'assaut de l'écran fabuleux. En tout cas, cette dernière tentative échoua devant le rempart infranchissable des huissiers qui, tous armés de coups-de-poing américains ou de casse-têtes, repoussèrent le flot des envahisseurs. Quant à Massignac, qui eut la fâcheuse idée, après avoir relevé le rideau, de sortir de sa cage et de courir vers une des issues, il fut happé au passage et englouti dans un remous furieux de manifestants.

Dès lors, on se rua les uns sur les autres, en un besoin éperdu de querelle et de lutte qui opposait aussi bien les adversaires de Massignac aux partisans de l'ordre, que des gens exaspérés à des gens qui n'avaient pas d'autre idée que de fuir. On brandissait les cannes et les ombrelles. Du sang coula.

Pour moi, je m'esquivai le mieux que je pus et me frayai un passage dans cette mêlée indescriptible. J'y eus du mal, car de nombreux agents de police, et beaucoup de personnes qui n'avaient pu entrer, affluaient vers les issues de l'amphithéâtre. Enfin, je pus arriver à la grille par une trouée qui se fit à travers la foule.

« Place au blessé! » hurlait un grand gaillard au visage glabre.

Deux hommes suivaient, portant dans leurs bras un individu recouvert de vêtements et de pardessus.

La foule s'écartait. Le cortège sortit. J'en profitai.

Du doigt, le grand gaillard désigna une auto de maître qui stationnait.

« Chauffeur, je vous réquisitionne. Ordre de la Préfecture. Allons, les camarades, dépêchez-vous un peu, hein? »

Les deux camarades introduisirent le blessé dans la voiture et s'y installèrent. L'homme prit place auprès du chauffeur, et l'auto s'éloigna.

Ce n'est qu'à la seconde même où elle disparut au détour de la route, que j'eus, dans un éclair, et sans aucun motif d'ailleurs, la notion exacte de ce que signifiait cette petite scène.

Soudain je devinai qui était ce blessé que l'on cachait avec tant de soin et que l'on enlevait avec tant de diligence. Et soudain, aussi, malgré la transformation du visage, bien qu'il ne portât ni barbe ni lorgnon, je donnai un nom au grand gaillard à la face glabre. C'était le sieur Velmot.

Je retournai précipitamment vers l'Enclos. J'avertis le commissaire de police qui s'était occupé jusqu'ici de l'affaire Dorgeroux. Il siffla ses hommes. On sauta dans des autos. Trop tard. Les routes étaient déjà encombrées d'un tel fouillis de véhicules que la voiture du commissaire demeura clouée sur place.

Ainsi, en pleine foule, grâce au stratagème le plus audacieux, profitant d'une bagarre à laquelle il n'était sans doute pas étranger le sieur Velmot avait enlevé son complice et implacable ennemi, Théodore Massignac.

XIII

LE VOILE QUI S'ÉCARTE...

Je n'insisterai pas sur les deux films de cette seconde séance et sur le rapport évident qui les liait l'un à l'autre. Nous sommes, à ce moment de l'extraordinaire aventure, trop près du but pour nous arrêter à des commentaires fastidieux. Il faut penser qu'un journal imprimait, le lendemain, la première et, quelques heures après, la seconde partie de ce fameux mémoire Prévotelle où le problème était abordé d'une façon si magistrale, et résolu avec une méthode et une logique qui nous impressionnèrent si profondément. Comment l'oublierais-je, moi? Comment oublierais-je que, durant cette soirée, où je réfléchissais dans ma chambre à l'enlèvement de Massignac et au contre-coup de cet incident sur les séances de l'Enclos, durant cette soirée où l'orage longtemps attendu éclatait au-dessus de la région parisienne, Benjamin Prévotelle écrivait le début de son mémoire? Et comment oublierais-je que, de cela, j'allais être informé par Benjamin Prévotelle lui-même?

Vers dix heures, en effet, un des plus proches voisins du Logis, chez lequel mon oncle ou Bérangère allaient souvent téléphoner, me faisait dire qu'il était en communication avec Paris, et qu'on me suppliait de venir au téléphone sans perdre une minute.

Je m'y rendis de fort mauvaise humeur. J'étais harassé de fatigue. La pluie faisait rage, et la nuit était si noire que je me heurtais aux arbres et aux maisons.

A peine arrivé, je saisis l'appareil. Quelqu'un me dit, d'une voix qui tremblait au bout du fil :

« Monsieur... Monsieur... j'ai trouvé... »

Je ne compris pas d'abord, et demandai qui me parlait.

« Mon nom ne peut rien vous dire, me fut-il répondu... Benjamin Prévotelle... Je n'ai certes pas qualité... Ingénieur... Sorti de l'Ecole centrale il y a deux ans... »

Je l'interrompis :

« Un instant, monsieur, un instant... Allô... Benjamin Prévotelle? Mais votre nom m'est connu... Oui, je me souviens... je l'ai lu dans les papiers de mon oncle.

— Que dites-vous? Mon nom, dans les papiers de Noël Dorgeroux!

— Oui, inscrit au milieu d'une page, sans commentaire... »

Le trouble de mon interlocuteur redoubla :

« Oh! fit-il, serait-ce possible? Si Noël Dorgeroux

a noté mon nom, cela prouverait qu'il a lu une brochure de moi, il y a un an, et qu'il s'est attaché à l'explication que j'entrevois aujourd'hui.

— Quelle explication, monsieur? questionnai-je, non sans impatience.

— Vous comprendrez, monsieur... Vous comprendrez en lisant mon mémoire.

— Votre mémoire?

— Un mémoire que j'écris cette nuit... Voilà... J'ai assisté aux deux séances de l'Enclos, et j'ai trouvé, monsieur...

— Mais quoi, sapristi?

— Le problème, monsieur, la solution du problème.

— Hein! m'écriai-je, vous avez trouvé?

— Oui, monsieur. C'est un problème facile d'ailleurs, si facile que je ne veux pas me laisser distancer. Songez donc, si un autre, avant moi, proclamait la vérité! Alors, j'ai téléphoné au hasard à Meudon pour vous appeler au téléphone... Oh! je vous en prie, monsieur, écoutez-moi... il faut me croire et m'aider.

— Sans doute, répondis-je, sans doute... mais je ne vois pas bien...

— Mais si... mais si... implora Benjamin Prévotelle, en s'accrochant à moi d'une voix désespérée... Vous pouvez beaucoup... Il suffirait de quelques renseignements... »

J'avoue que les affirmations de Benjamin Prévotelle me laissaient un peu sceptique. Cependant, je répondis :

« Si quelques renseignements peuvent vous être utiles...

— Un seul peut-être, dit-il... Voici. Le mur de l'écran a été reconstruit entièrement par votre oncle Noël Dorgeroux, n'est-ce pas?

— Oui.

— Et ce mur, comme vous l'avez dit, et, comme tout le monde l'a observé, offre une certain angle d'inclinaison à la base?

— Oui.

— D'autre part, selon vos dépositions, Noël Dorgeroux avait l'intention de faire construire un second amphithéâtre dans son jardin, et de se servir comme écran de la face postérieure du même mur, n'est-ce pas?

— En effet.

— Eh bien, c'est le renseignement que je vous demande. Avez-vous remarqué que cette face postérieure offrait, à sa partie inférieure, la même inclinaison?

— Oui, je l'ai remarqué.

— Alors, dit Benjamin Prévotelle, avec une exaltation croissante, la preuve est faite. Noël Dorgeroux et moi, nous sommes d'accord... Les visions ne proviennent pas du mur lui-même. La cause est ailleurs. Je le démontrerai, et, si M. Massignac voulait y mettre un peu de complaisance...

— Théodore Massignac a été enlevé ce soir, prononçai-je.

— Enlevé! Quoi? Que dites-vous?

— Oui, enlevé, et je suppose que l'amphithéâtre restera fermé jusqu'à nouvel ordre.

— Mais, c'est terrible! C'est effrayant! balbutia Benjamin Prévotelle. Comment! mais alors on ne pourrait pas vérifier mon hypothèse? On ne verrait plus jamais les visions?... Non, voyons, c'est impossible! Pensez donc, je ne connais pas la formule indispensable... Personne ne la connaît que Massignac... Ah! non, non, il faut à tout prix... Allô, allô... Mais ne coupez donc pas, mademoiselle! Monsieur, une seconde encore... Je vais vous dire toute la vérité sur les visions... Quatre mots suffisent... Allô... Allô... »

La voix de Benjamin Prévotelle s'éteignit subitement. J'eus l'impression très nette de toute la distance infranchissable qui me séparait de lui, au moment même où j'allais apprendre cette vérité miraculeuse qu'il prétendait avoir découverte à son tour.

J'attendis anxieusement. Quelques minutes passèrent. Deux fois la sonnerie du téléphone résonna, mais sans qu'aucune communication s'ensuivît. Je résolus de partir, et j'étais déjà en bas de l'escalier quand on me rappela en toute hâte. Quelqu'un me demandait à l'appareil.

« Quelqu'un? fis-je en remontant, mais ce ne peut être que la même personne... »

Et aussitôt, je m'emparai du récepteur :

« Allô? C'est monsieur Prévotelle? »

Tout d'abord, je n'entendis que mon nom, prononcé par une voix très faible, indistincte, et qui était une voix de femme.

« Victorien... Victorien...

— Allô! m'écriai-je, tout ému, sans comprendre encore cependant... allô... Oui, c'est moi, Victorien Beaugrand... J'étais là précisément, au téléphone... Allô... Qui est à l'appareil? »

La voix se rapprocha durant l'espace de quatre ou cinq secondes, puis parut tomber dans le vide, et s'éloigner. Ce fut le grand silence. Mais j'avais perçu ces quelques mots :

« Au secours, Victorien... mon père est menacé de mort... au secours... Venez à l'Auberge Bleue, à Bougival... »

Je demeurai interdit. J'avais reconnu la voix de Bérangère!

« Bérangère... murmurai-je... elle m'appelle au secours... »

Sans même prendre le temps de réfléchir, je m'élançai vers la gare. Un train me conduisit à Saint-Cloud, puis un autre deux stations plus loin. Sous des rafales de pluie, pataugeant dans la boue, m'égarant dans les ténèbres, je fis à pied les quelques kilomètres qui me séparaient de Bougival, où j'arrivai au milieu de la nuit. L'Auberge Bleue était fermée. Mais un gamin qui sommeillait sous le porche me demanda si j'étais M. Victorien Beaugrand. Sur ma réponse, il me dit qu'une dame, du nom de Bérangère, l'avait chargé de m'attendre, et de me conduire auprès d'elle, quelle que fût l'heure de mon arrivée.

J'accompagnai ce gamin par les rues désertes de la petite ville, jusqu'aux bords de la Seine que nous suivîmes un bon moment. La pluie avait cessé. Mais les ténèbres étaient toujours impénétrables.

« La barque est ici, me dit le gamin.

— Ah! nous traversons?

— Oui, la demoiselle est cachée de l'autre côté. Surtout, pas de bruit. »

Bientôt après, nous abordâmes. Puis un sentier pierreux nous mena devant une maison dont le gamin frappa la porte à trois reprises.

On ouvrit. Toujours guidé, je montai quelques marches, franchis un vestibule qu'une bougie éclairait, et fus introduit dans une pièce obscure où quelqu'un se tenait. Aussitôt, la lueur d'une lampe électrique me heurta en plein visage. Un canon de revolver fut braqué sur moi, et une voix d'homme me dit :

« Du silence, n'est-ce pas? Le moindre bruit, la

moindre tentative d'évasion, c'est votre perte. Rien à craindre d'ailleurs, et rien de mieux à faire que de dormir. »

La porte fut refermée sur moi. Deux verrous claquèrent.

J'étais tombé dans le piège que le sieur Velmot — je n'hésitai pas à l'accuser — m'avait tendu par l'entremise de Bérangère.

Cette aventure, inexplicable comme toutes celles auxquelles Bérangère fut mêlée, ne m'effraya pas outre mesure sur le moment. Sans doute étais-je trop las pour chercher des raisons à la conduite de la jeune fille et de l'homme qui la dirigeait. Pourquoi avait-elle trahi? En quoi avais-je pu déplaire au sieur Velmot? Et dans quel intérêt m'enfermait-il, si je n'avais rien à craindre de lui comme il le prétendait? Autant de questions vaines. Ayant parcouru la pièce à tâtons, et constaté qu'il y avait un lit, ou plutôt une paillasse munie de couvertures, je jetai mes bottines et mes vêtements, m'enveloppai de ces couvertures et m'endormis en quelques minutes.

Pendant mon sommeil qui dura jusqu'à une heure avancée du jour suivant, on dut pénétrer auprès de moi, car je vis sur une table un morceau de pain frais et une carafe d'eau. La cellule que j'occupais était petite. Une lumière suffisante pénétrait entre les lames d'une persienne, solidement barricadée à l'extérieur, comme je m'en rendis compte après avoir ouvert l'étroite fenêtre. Une de ces lames était à moitié brisée. Par cette fente, je vis que ma prison dominait de trois ou quatre pieds une bande de terrain au bord de laquelle de petites vagues venaient clapoter parmi les roseaux. Me retrouvant donc, après avoir traversé une rivière, en face d'une autre rivière, j'en conclus que Velmot m'avait conduit dans une île de la Seine. N'était-ce pas cette île que j'avais aperçue, en vision fugitive, sur la chapelle du cimetière abandonnée? et n'était-ce pas là que, l'hiver dernier, Velmot et Massignac avaient installé leur quartier général?

Une partie de la journée s'écoula dans le silence. Mais, vers cinq heures, j'entendis un bruit de voix et les éclats d'une discussion. Cela se passait au-dessous de ma cellule et, par conséquent, dans une cave dont le soupirail ouvrait sous ma fenêtre. En écoutant avec attention, il me sembla reconnaître à diverses reprises la voix de Massignac.

La discussion se prolongea durant une heure. Puis, quelqu'un surgit devant ma fenêtre et appela :

« Eh! vous autres, arrivez donc! et préparons-nous... C'est une brute entêtée, il ne causera que si on l'y oblige. »

C'était bien le grand gaillard qui, la veille, fendait la foule de l'Enclos en criant au blessé! C'était bien Velmot, un Velmot amaigri, rasé, sans lorgnon — Velmot, le bellâtre, qu'aimait Bérangère!

Deux hommes, des comparses aux figures sinistres, l'avaient rejoint. Il répéta :

« Je l'y forcerai bien, l'animal! Comment! je le tiens à ma disposition, et je ne pourrais pas lui faire cracher son secret? Non, non, il faudra en finir, et dès la nuit tombante. Vous êtes toujours décidés? »

Deux grognements lui répondirent. Il ricana :

« Pas bien emballés, hein? Tant pis, je me passerai de vous. Un coup de main seulement pour commencer. »

Il y avait une barque attachée à un anneau. Il y descendit. Un des hommes la poussa, à l'aide d'une gaffe, entre deux pieux enfoncés dans la vase et qui pointaient hors des roseaux. A chacune des extrémités, Velmot noua les deux bouts d'une grosse corde au milieu de laquelle il fixa un crochet de fer. Ce crochet pendait ainsi à un mètre cinquante au-dessus de l'eau.

« C'est fait, dit-il en revenant. Plus besoin de vous. Reprenez l'autre barque et allez m'attendre à la remise. Je vous y rejoindrai dans trois ou quatre heures, quand Massignac aura dégoisé son affaire, et après une petite conversation un peu brutale avec notre nouveau prisonnier. Et alors on décampera... »

Il accompagna ses deux acolytes. Lorsque je le revis vingt minutes plus tard, il tenait un journal à la main. Il le posa sur une petite table qui était devant ma fenêtre même. Puis il s'assit et alluma un cigare. Il me tournait le dos et me cachait la table. Mais, à un moment, il se déplaça et j'aperçus son journal, *Le Journal du Soir,* qui était plié en largeur et où s'inscrivait, en majuscules qui tenaient toute la largeur de la feuille, ce titre sensationnel :

ON CONNAIT LA VÉRITÉ SUR LES APPARITIONS DE MEUDON

Je tressaillis jusqu'au plus profond de mon être. Ainsi, le jeune étudiant n'avait pas menti! Benjamin Prévotelle avait découvert la vérité et, cette vérité, il avait réussi, en l'espace de quelques heures, à la développer dans le mémoire dont il m'avait parlé, et à la rendre publique!

Avec quel effort, collé contre la persienne, j'essayai de lire les premières lignes de l'article, les seules qui s'offrissent à moi, étant donné la façon dont le journal était plié! Et quelle émotion à chaque mot déchiffré!

Ce journal, grâce auquel me fut révélée une partie, tout au moins, du grand mystère, je l'ai gardé précieusement. Avant de reproduire le fameux mémoire publié le matin par Benjamin Prévotelle, il s'exprimait en ces termes :

« Oui, le problème fantastique est résolu. Un de nos confrères a fait paraître ce matin, sous forme de « Lettre ouverte à l'Académie des Sciences » le mémoire le plus sobre, le plus lumineux et le plus convaincant qu'il soit possible d'imaginer. Nous ignorons si la science officielle accédera aux conclusions du rapport, mais nous doutons que les objections, si graves qu'elles soient, et qui toutes, d'ailleurs, sont loyalement exposées, puissent être assez fortes pour démolir l'hypothèse qui nous est offerte. Les arguments sont de ceux qu'on ne réfute pas. Les preuves sont de celles qui vous obligent à croire. Et, ce qui double la valeur de cette admirable hypothèse, c'est qu'elle ne semble pas seulement inattaquable, mais encore qu'elle nous ouvre les horizons les plus vastes et les plus merveilleux. La découverte de Noël Dorgeroux, en effet, n'est plus limitée à ce qu'elle est et à ce qu'elle paraît être. Elle comporte des conséquences qu'il est impossible de prévoir. Elle est appelée à bouleverser toutes nos notions sur le passé de l'humanité, et toutes nos conceptions sur son avenir. Il n'y a pas, depuis l'origine du monde, un événement qui puisse être comparé à celui-là. Et c'est à la fois l'événement le plus incompréhensible et le plus naturel, le plus complexe et le plus simple. Un grand savant, à force de réfléchir, eût pu l'annoncer à l'univers. C'est presque un enfant qui, par intuition géniale autant que par observation intelligente, a conquis cette gloire inestimable. Voici quelques renseignements recueillis au cours d'une interview qu'a bien voulu nous accorder Benjamin Prévotelle. Nous nous excusons de n'avoir point plus de détails à fournir à son sujet. Comment en serait-il autrement? Benjamin Prévotelle a vingt-trois ans. Nous donnerons... »

Je dus m'arrêter là, les lignes suivantes échappant à mon regard. N'en saurais-je pas plus long?

Velmot s'était levé et se promenait sur la terrasse. Après une courte disparition, il revint avec un flacon de liqueur dont il avala coup sur coup deux verres. Puis, ayant déplié le journal il se mit à lire le mémoire, ou plutôt à le relire, car je ne doutais point qu'il n'en eût déjà connaissance.

Sa chaise était tout contre ma persienne. Il s'y tenait renversé, le journal entre les mains, de sorte que je pus voir non pas la fin de l'article préliminaire, mais le mémoire lui-même qu'il lisait assez lentement.

Cependant la lumière du jour diminuait, tombée d'un ciel où les nuages devaient cacher le soleil, et je lus en même temps que Velmot :

Lettre ouverte à l'Académie des Sciences

« Je vous demande, messieurs, de ne considérer ce mémoire que comme une introduction, aussi brève que possible, à l'étude plus importante que je veux écrire, et aux études innombrables qu'il provoquera dans tous les pays et auxquelles il servira de très modeste préface.

« Je le rédige en hâte, au hasard de la plume, dans la fièvre de l'improvisation. Vous y trouverez des lacunes et des faiblesses que je n'essaie pas de dissimuler, et qui sont motivées par le nombre si réduit des observations que nous avons pu effectuer à Meudon, et par la résistance obstinée que M. Théodore Massignac oppose à toute demande d'information supplémentaire. Mais l'émotion considérable que soulèvent les visions miraculeuses me fait un devoir d'apporter les résultats, encore que très incomplets, d'une étude à laquelle j'ai l'ambition légitime de réserver un droit de priorité. J'espère ainsi, en canalisant les hypothèses, aider à l'établissement de la vérité et à l'apaisement des esprits.

« Mon effort a commencé dès les premières révélations de M. Victorien Beaugrand. J'ai recueilli toutes ses paroles. J'ai analysé toutes ses impressions. Je me suis emparé de tout ce qu'avait dit Noël Dorgeroux. J'ai repris le détail de toutes ses expériences. Et de tout cela, bien pesé et bien examiné, il est résulté que je ne suis pas venu à la première séance de Meudon les mains dans mes poches, en amateur de sensations et en curieux de mystère, mais que j'y suis venu avec un plan mûrement réfléchi, et avec quelques instruments de travail, choisis à dessein, et dissimulés sous mes vêtements et sous ceux de quelques-uns de mes amis qui ont bien voulu me prêter leur concours.

« Tout d'abord, un appareil photographique.

« Ce fut difficile. M. Théodore Massignac se défiait et interdisait l'introduction du moindre kodak. Je réussis cependant. Il le fallait. Il fallait donner une réponse définitive à une première question, qui pourrait être dite question préjudicielle. Les apparitions de Meudon sont-elles dues à des suggestions individuelles ou collectives, n'ayant aucune réalité en dehors de ceux qui les éprouvent? Ou bien ont-elles une cause réelle et extérieure? Cette réponse, on peut, certes, la déduire de l'identité absolue des impressions reçues par tous les assistants. Mais j'apporte aujourd'hui une preuve directe et que j'estime irréfragable. La chambre photographique n'est pas un cerveau où l'image peut se créer elle-même, où l'hallucination se forme avec des matériaux internes. C'est un témoin qui ne ment pas et qui ne se trompe pas. Or, ce témoin a parlé. La plaque sensible atteste la réalité des phénomènes. Je tiens à la disposition de l'Académie sept clichés ainsi obtenus par photographie instantanée de l'écran, au nombre desquels deux, qui représentent l'incendie de la cathédrale de Reims, sont d'une netteté remarquable.

« Ainsi donc, premier point acquis : l'écran est le siège d'une émission lumineuse.

« En même temps que j'acquérais les preuves de cette émission, je la soumettais aux moyens d'investigation que la physique met à notre disposition. Je n'ai pu, malheureusement, effectuer des expériences aussi nombreuses et aussi précises que je l'eusse voulu. L'éloignement du mur, l'aménagement des lieux, et l'insuffisance de la lumière émise par l'écran, s'y opposaient. Néanmoins, grâce au spectroscope et au polarimètre, j'ai constaté que cette lumière ne paraît pas différer sensiblement de la lumière naturelle diffusée par un corps blanc.

« Mais un résultat plus tangible, et auquel j'attache la plus grande importance, fut obtenu en examinant l'écran à l'aide d'un miroir tournant. On sait que, lorsqu'on regarde, dans un miroir animé d'une rotation rapide, les images cinématographiques ordinaires projetées sur un écran, les photographies successives se dissocient et donnent, dans le champ du miroir, des images séparées. D'ailleurs, un effet analogue, quoique moins net, peut être obtenu en tournant vivement la tête de façon à projeter les photographies successives en des points différents de la rétine. Il était donc tout indiqué d'appliquer cette méthode d'analyse aux projections animées qui se développent à Meudon. J'ai pu ainsi établir péremptoirement que ces projections se décomposent, comme celles de la cinématographie ordinaire, en images séparées et successives, mais avec une vitesse de succession notablement plus grande que dans les opérations courantes, puisque j'ai trouvé en moyenne vingt-huit apparitions à la seconde. D'autre part, ces apparitions ne sont pas émises à intervalles réguliers. On y remarque des alternatives rythmées d'accélération et de ralentissement, et j'aurais tendance à croire que ces variations rythmées ne sont pas sans rapport avec l'impression extraordinaire de relief qui a frappé tous les spectateurs de Meudon.

« Les observations qui précèdent aboutissaient à une certitude de caractère scientifique, et orientaient naturellement mes recherches dans une direction bien déterminée : les apparitions de Meudon sont de véritables projections cinématographiques envoyées sur l'écran, et recueillies par les spectateurs, à la manière ordinaire. Mais où est placé l'appareil projecteur? Et de quelle manière opère-t-il? C'est là que réside la plus grave difficulté, puisqu'aucune trace d'appareil, même aucun indice de l'existence d'un appareil quelconque, n'ont pu être découverts jusqu'ici.

« Doit-on supposer, comme je n'y ai pas manqué, que les projections se font par l'intérieur de l'écran, et à l'aide d'un dispositif souterrain qu'il n'est pas impossible d'imaginer? Evidemment, cette dernière hypothèse donnerait un grand apaisement à nos esprits en ramenant les visions à un habile truquage. Mais ce n'est pas sans raison que M. Victorien Beaugrand d'abord, et ensuite le public lui-même, ont refusé de l'admettre. Les visions portent en elles un cachet d'authenticité et d'imprévu qui frappe tous les spectateurs sans exception. En outre, les spécialistes du truquage cinématographique, interrogés, proclament loyalement que leur science est déroutée et leur technique en défaut. On peut même affirmer que l'impresario de ces apparitions n'a d'autre pouvoir que de les recevoir sur un écran approprié et qu'il ignore lui-même ce qui apparaîtra sur cet écran. Enfin on peut ajouter que la préparation de tels films serait une opération longue et compliquée, exigeant un appareillage étendu et une figuration nombreuse, et qu'il est impossible vraiment que cette préparation ait pu être réalisée dans un mystère absolu.

« Voilà exactement où j'en étais de mon enquête avant-hier soir, après la séance d'ouverture. Je n'aurai pas la prétention de dire que j'en savais plus que le premier venu sur ce qui constitue le fond du problème. Mais tout de même, quand je pris ma place à la seconde séance, j'étais dans un état d'esprit meilleur que n'importe quel autre spectateur. J'étais maître de moi, sans émotion, sans fièvre, sans rien qui pût affaiblir l'intensité de mon attention. Aucune idée préconçue ne me gênait. Et aucune idée nouvelle, aucun fait nouveau, ne pouvait passer à ma portée sans être recueilli instantanément par moi.

« C'est ce qui arriva. Le fait nouveau, ce fut le spectacle affolant et décevant des Formes grotesques. Je n'en tirai pas tout de suite la conclusion qu'il portait en lui, ou du moins, je n'en eus pas conscience. Mais ma sensibilité s'éveilla. Ces êtres armés de trois bras se relièrent dans mon esprit à l'énigme initiale des Trois Yeux. Si je ne compris pas encore, je pressentis; si je ne sus point, je devinai que j'allais savoir. La porte s'entrouvrait. L'aube palpitait.

« Quelques minutes plus tard, on s'en souvient, c'était la vision sinistre d'une charrette portant deux gendarmes, un prêtre, et un roi que l'on conduisait au dernier supplice. Vision morcelée, hachée, confuse, qui s'interrompait pour reprendre et cesser de nouveau. Pourquoi? Car enfin la chose était anormale. Jusqu'ici, nous le savons, et M. Victorien Beaugrand nous l'avait affirmé, jusqu'ici toujours des images admirablement nettes. Et, tout à coup, des images hésitantes, désordonnées, troublées, faibles, presque invisibles par moments. Pourquoi?

« A cette minute solennelle, il n'y avait pas d'autre pensée légitime que celle-là. L'horreur et l'étrangeté du spectacle ne comptaient plus. Pourquoi techniquement était-ce un mauvais spectacle? Pourquoi la machine impeccable, qui jusqu'ici avait fonctionné dans un ordre parfait, se déréglait-elle subitement? Qu'était-ce que le grain de sable qui la détraquait?

« Vraiment le problème se posait à moi avec une simplicité qui me bouleversait. Les termes de ce problème on les connaît, n'est-ce pas? Nous avions en face de nous des images cinématographiques. Ces images cinématographiques ne sortaient pas du mur lui-même. Elles ne provenaient d'aucun endroit de l'amphithéâtre. Alors d'où étaient-elles projetées? Quel obstacle s'opposait à leur libre projection?

« Instinctivement, je fis le seul geste qu'il y avait à faire, le geste qu'aurait fait un enfant à qui l'on eût adressé cette question élémentaire : je levai les yeux au ciel.

« Il était absolument pur. Un immense ciel vide.

« Pur et vide oui, mais dans la partie que mes yeux pouvaient interroger. En était-il ainsi dans la partie que l'enceinte supérieure de l'amphithéâtre m'empêchait de voir?

« Rien qu'à prononcer les mots qui composent cette interrogation, je défaillis d'angoisse. Elle portait en elle la formidable vérité. Il suffisait qu'elle eût été prononcée pour que rien ne subsistât du grand mystère.

« Les jambes tremblantes, les battements de mon cœur suspendus, je montai jusqu'au faîte de l'amphithéâtre et regardai l'horizon.

« Là-bas, vers le couchant, de légers nuages flottaient... »

XIV

MASSIGNAC ET VELMOT

« DES nuages flottaient... des nuages flottaient... »

Cette phrase du mémoire, que je répétai machinalement, tout en essayant de déchiffrer celle qui suivait, fut la dernière que je pus lire. La nuit venait rapidement. Mes yeux, épuisés par une lecture incommode, luttaient en vain contre l'ombre envahissante, et se refusaient subitement à tout effort nouveau.

D'ailleurs, Velmot se leva peu après et s'approcha de la berge. L'heure de l'action avait sonné.

De quelle action? Je ne me le demandais pas. Depuis le début de ma captivité, aucune crainte personnelle ne m'assiégeait, bien que Velmot eût parlé d'un entretien un peu brutal qu'il comptait m'imposer. Mais le grand secret de l'Enclos continuait à dominer ma pensée, à tel point que les événements n'avaient de prise sur moi que dans la mesure où ils servaient ou desservaient la cause de Noël Dorgeroux. Or voilà que quelqu'un connaissait la vérité, et voilà que le monde était en train de l'apprendre! Comment me serais-je inquiété d'autre chose? Et qu'est-ce qui pouvait m'intéresser qui ne fût point les justes raisonnements de Benjamin Prévotelle, l'ingéniosité de ses recherches, et l'importance des résultats obtenus par lui? Ah! comme j'aurais voulu savoir, moi aussi! En quoi donc consistait l'hypothèse nouvelle? S'accordait-elle avec tous les enseignements de la réalité? En serais-je pleinement satisfait, moi qui, somme toute, avais pénétré plus avant que personne au cœur de cette réalité, et recueilli la plus ample moisson d'observations?

Ce qui m'étonnait, c'était de ne pas mieux comprendre. Et je m'en étonne encore plus maintenant. Au seuil du sanctuaire dont la porte m'était ouverte, je ne voyais pas. Nulle clarté ne m'éblouissait. Que voulait dire Benjamin Prévotelle? Que signifiaient ces nuages errants en un coin du ciel? S'ils tamisaient la lumière venue du couchant, et s'ils exerçaient ainsi une influence sur les images de l'écran, pourquoi Benjamin Prévotelle m'avait-il interrogé au téléphone sur la face du mur qui était précisément exposée vers un autre côté du ciel, c'est-à-dire vers le soleil levant? Et pourquoi avoir accueilli ma réponse comme une confirmation de son hypothèse?

La voix de Velmot me tira de ma rêverie et me rapprocha de la fenêtre que j'avais quittée depuis quelques minutes. Il était penché au-dessus du soupirail et ricanait :

« Eh bien, Massignac, es-tu prêt pour l'opération? Je vais te passer par là, ce qui m'évitera tout le détour de l'escalier. »

Ce détour, Velmot le fit pour descendre, et je perçus bientôt, au-dessous de moi, les éclats d'une nouvelle discussion qui aboutit à des hurlements, puis à un brusque silence plus impressionnant que tout. J'eus alors la première notion de la scène terrible que Velmot préparait, et, sans m'apitoyer sur ce misérable Massignac, je frissonnai en pensant que mon tour viendrait peut-être.

Cela eut lieu comme il avait été dit. Massignac, ficelé comme une momie, bâillonné, rigide, surgit lentement de la cave. Velmot revint ensuite, le tira par les épaules jusqu'au bord du fleuve, et le fit choir dans la barque.

Alors, demeuré sur la berge, il lui tint ce discours :

« C'est la troisième fois que je m'adresse à ton bon sens, Massignac, et je recommencerai, tout à l'heure, une quatrième fois, si tu m'y obliges. Mais tu vas céder, n'est-ce pas? Alors, qu'est-ce que tu attends pour parler? Ton bâillon te gêne? Un mouvement de tête et je te l'enlève. Tu consens? Non? En ce cas, tu trouveras naturel que nous abordions la quatrième et dernière phase de notre conversation. Tous mes regrets si elle te semble moins agréable. »

Velmot s'installa près de sa victime, manœuvra la gaffe, et poussa l'embarcation entre les deux pieux qui pointaient hors de l'eau.

Ces pieux marquaient la limite du champ de vision que me laissait la fente de ma persienne. L'eau jouait autour, pailletée d'étincelles. La lune s'était dégagée des nuages, et je vis distinctement tous les détails de l'opération, selon l'expression de Velmot.

« Ne te raidis pas, Massignac, disait-il, ça ne sert à rien... Hein?... Quoi?... Tu trouves que j'y vais trop brusquement? Monsieur est donc en verre? Allons! Nous y sommes? A merveille. »

Il avait dressé Massignac contre lui, tout debout, et l'entourait de son bras gauche. De sa main droite, il saisit le crochet de fer fixé à la corde, entre les deux poteaux, l'attira et en glissa la pointe sous les liens qui attachaient Massignac à hauteur des épaules.

« A merveille, répéta-t-il. Tu vois que je n'ai pas besoin de te tenir. Tu restes debout, tout seul, comme un pantin... »

Il reprit la gaffe, se cramponna aux pierres de la berge, et fit ainsi glisser la barque sous le corps de Massignac qui, bientôt, s'effondra. La corde avait fléchi. Une moitié du corps seulement émergeait.

Et Velmot dit à son ancien complice, d'une voix basse, mais que j'entendais sans effort (j'ai toujours supposé d'ailleurs que Velmot avait parlé durant cette journée de façon à ce que je l'entendisse) :

« Voilà où je voulais en arriver, mon vieux, et nous n'avons plus grand-chose à nous dire. Pense donc, d'ici une heure, peut-être avant, l'eau t'aura recouvert la bouche, ce qui n'est pas très commode pour causer. Or, sur cette heure-là, il faut honnêtement que je te laisse cinquante minutes de réflexion. »

Avec sa gaffe, il fit jaillir un paquet d'eau sur la tête de Massignac. Puis il reprit en riant :

« Tu envisages nettement la situation, n'est-ce pas? La corde à laquelle tu es accroché, comme un bœuf à l'étal, est retenue aux deux poteaux par deux simples nœuds coulants, pas davantage... de sorte qu'au moindre mouvement ces nœuds descendent de quelques centimètres. Tu t'en es bien aperçu tout à l'heure, quand je t'ai lâché? Plouf! Tu t'es enfoncé d'une demi-tête... Bien plus, le poids de ton corps suffit... Tu glisses, mon vieux, tu glisses sans arrêter, sans que rien puisse t'arrêter... sauf bien entendu, si tu parles. Es-tu prêt à parler? »

Le rayonnement de la lune passait et repassait, jetant de la lumière ou de l'ombre sur le tableau lugubre. J'avisais la silhouette noire de Massignac, qui, lui, restait toujours dans une demi-obscurité. L'eau lui recouvrait la moitié du torse, et Velmot continuait :

« Logiquement tu dois parler, mon bonhomme... La situation est si claire! Nous avons comploté tous les deux une petite affaire qui a réussi grâce à nos efforts communs, mais dont tu as tous les bénéfices grâce à ta roublardise. J'en veux ma part, voilà tout. Pour ça, il suffit que tu me confies la fameuse formule de Noël Dorgeroux, et que tu me fournisses les moyens de l'expérimenter une première fois. Dès lors, je te rendrai la liberté, certain que, par crainte de la concurrence, tu me donneras mon bénéfice. Ça colle? »

Théodore Massignac dut faire quelque geste de dénégation, ou pousser quelque grognement de refus, car il reçut une gifle qui claqua dans le silence.

« Excuse-moi, mon vieux, reprit Velmot, mais tu damnerais un saint! Alors, quoi, tu aimes mieux crever? Ou bien, tu espères que je vais flancher peut-être; ou bien qu'on va te secourir? Imbécile! c'est toi-même qui as choisi l'endroit, cet hiver... Aucun bateau ne passe là... En face, des prairies. Donc pas de secours possible... Et pas de pitié non plus!... Mais sacrebleu, tu ne te rends donc pas compte? Je t'ai pourtant montré l'article de ce matin. Sauf la formule, tout le secret de Dorgeroux, tout ton secret à toi, est étalé là-dedans! Alors qu'est-ce qui dit qu'on ne la trouvera pas plus facilement, la formule? Qu'est-ce qui dit que dans quinze jours, dans huit jours, l'affaire ne sera pas dans le lac, et que j'aurai frôlé le million, comme un imbécile, sans mettre la main dessus? Ah! non, ce serait trop bête! »

Il y eut un silence.

Une éclaircie me montra Massignac. La ligne de l'eau dépassait les épaules.

« Je n'ai plus rien à te dire, fit Velmot. Concluons. Tu refuses? »

Il attendit un instant et prononça :

« En ce cas, puisque tu refuses, je n'insiste plus. A quoi bon? C'est toi-même qui règles ton sort, et qui choisis le plongeon final. Adieu, mon vieux. Je vais boire un verre et fumer une pipe à ton intention. »

Il se pencha vers sa victime, et il ajouta :

« Cependant, il faut tout prévoir. Si, par hasard, tu te ravisais (qui sait? une inspiration de la dernière heure), tu n'as qu'à m'appeler bien doucement... Tiens, je relâche un peu ton bâillon... Adieu, Théodore. »

Velmot poussa la barque et accosta tout en grognant :

« Quel métier de chien! Faut-il qu'il soit bête, cet animal-là! »

Selon son programme, il se rassit, après avoir approché de la berge la table et la chaise, se versa un verre de liqueur et alluma sa pipe. Et il dit encore :

« A ta santé, Massignac! Au train dont ça va, je vois que, d'ici vingt minutes, tu boiras un coup à ton tour. Surtout n'oublie pas que tu peux m'appeler. Je tends l'oreille, vieux camarade. »

La lune s'était voilée de nuages, sans doute fort épais, car la rive devenait si obscure que je discernais à peine la silhouette de Velmot. Au fond, j'étais persuadé que l'implacable lutte se terminerait par quelque transaction, et que Velmot céderait ou que Massignac parlerait. Cependant, les minutes passaient, dix, quinze peut-être, qui me semblèrent interminables. Velmot fumait paisiblement, et Massignac bégayait de petites plaintes et n'appelait pas. Cinq minutes encore. Soudain Velmot se leva, furieux.

« Il ne s'agit pas de gémir, bougre d'idiot. J'en ai assez de poireauter. Veux-tu parler? Non? Crève donc, charogne. »

Et je l'entendis qui grinçait entre ses dents :

« Je m'accorderai peut-être mieux avec *l'autre*... »

Que voulait-il dire ainsi? *L'autre,* était-ce moi?

De fait, il s'en alla vers la gauche, c'est-à-dire vers la partie de la façade où se trouvait l'entrée.

Il y eut un cri. Puis je n'entendis plus rien de ce côté.

Que s'était-il passé? Dans l'ombre, Velmot avait-il rencontré le mur ou quelque volet ouvert?

De mon poste, je ne pouvais pas le voir. La table, la chaise, se dessinaient dans l'ombre. Au-delà, c'étaient les ténèbres où montait la plainte affaiblie de Massignac.

« Velmot arrive, me disais-je. Encore quelques secondes, et il sera ici... »

Le motif de sa venue vers moi, je ne le comprenais pas plus que le motif de mon enlèvement. Croyait-il que je connaissais la formule, et que, si je n'avais pas dénoncé Massignac, c'était par suite d'un accord entre Massignac et moi? Et, en ce cas, voulait-il me contraindre à parler, en employant avec moi les mêmes moyens qu'avec son ancien complice? Ou bien s'agissait-il entre nous de Bérangère, de cette Bérangère que nous aimions tous les deux, et, de qui, chose étonnante, il n'avait même pas parlé à Massignac? Autant de questions auxquelles il allait me répondre.

« Si toutefois il vient », pensais-je.

Car enfin, il n'était pas là, et aucun bruit ne s'élevait dans la maison. Que faisait-il? Assez longtemps, je restai contre la porte par où il eût dû entrer, l'oreille collée au battant, prêt à me défendre bien que je n'eusse pas d'arme.

Il ne vint pas.

Je retournai à la fenêtre. Aucun bruit non plus par là.

Et c'était effrayant, ce silence qui semblait grandir et s'étendre sur tout le fleuve et dans tout l'espace, ce silence que ne troublait même plus le râle de Massignac.

Vainement je forçais mes yeux à regarder. L'eau du fleuve demeurait invisible.

Je ne voyais plus et je n'entendais plus Théodore Massignac.

Je ne le voyais plus et je ne l'entendais plus!... Constatation effarante! Avait-il donc glissé le long du pieu? L'eau qui étouffe et qui tue avait-elle monté jusqu'à sa bouche et jusqu'à ses narines?

D'un grand coup de poing je frappai la persienne. L'idée que Massignac était mort ou qu'il allait mourir, cette idée que je n'avais pas eue très nettement jusque-là, me secouait de terreur. Massignac mort, c'était la perte irréparable et définitive du secret. Massignac mort, Noël Dorgeroux mourait une seconde fois.

Je redoublai d'efforts. Certes, il était hors de doute pour moi que Velmot approchait, et que la lutte s'engagerait entre nous : je ne m'en souciais pas. Aucune considération ne pouvait m'arrêter. Je devais sur-le-champ courir à l'aide, non pas de Massignac, mais, me semblait-il, de Noël Dorgeroux, dont l'œuvre prodigieuse allait être anéantie. Tout ce que j'avais fait jusqu'ici, en protégeant par mon silence les entreprises criminelles de Théodore Massignac, il me fallait le continuer en sauvant de la mort l'homme qui connaissait l'indispensable formule.

Comme mes poings ne suffisaient pas, je cassai une chaise et m'en servis pour frapper l'un des barreaux. D'ailleurs, la persienne n'était pas bien solide, puisque des lames déjà manquaient en partie. Une autre sauta, puis une autre. Je pus passer le bras et lever une traverse de fer assujettie à l'extérieur. La persienne céda aussitôt. Je n'eus qu'à enjamber le rebord de la fenêtre et à descendre sur la berge.

Décidément, Velmot me laissait le champ libre.

Sans perdre un instant, je passai près de la chaise, renversai la table, et trouvai facilement la barque.

« Me voici! criai-je à Massignac. Tenez bon. »

D'une poussée vigoureuse, j'arrivai jusqu'à l'un des poteaux en répétant :

« Tenez bon!... tenez bon!... me voici... »

Je saisis la corde à pleines mains, au fil de l'eau, et glissai jusqu'au crochet, croyant heurter la tête de Massignac. Je ne rencontrai rien. La corde avait descendu, le crochet se trouvait dans l'eau et ne portait aucun poids. Le cadavre avait dû glisser au fond de l'eau, et le courant l'avait emporté.

A tout hasard cependant, je plongeai la main aussi loin que possible. Mais une détonation me releva brusquement. Une balle avait sifflé à mes oreilles. En même temps, Velmot, que je devinais courbé sur la berge, comme un homme qui se traîne, balbutiait d'une voix étranglée :

« Ah! bougre de coquin... t'en as profité, hein? Et

Massignac... tu vas le sauver peut-être? Ah! bougre de coquin, attends un peu. »

Il tira deux fois encore, au jugé, car je m'éloignais rapidement. Aucune des balles ne m'atteignit. Bientôt je fus hors de portée.

XV

LA SPLENDIDE HYPOTHÈSE

Ce n'est pas seulement aujourd'hui, en relatant cette scène tragique, qu'elle m'apparaît comme un épisode accessoire de mon récit. Au moment même où elle se déroulait, j'éprouvais déjà cette impression. Si je n'ai pas appuyé davantage sur mon effroi et sur l'horreur de certains faits, c'est que tout cela ne fut pour moi qu'un intermède. Le supplice de Massignac, sa disparition, l'inexplicable conduite de Velmot, laissant à l'abandon, pendant quelques minutes, une affaire qu'il avait menée jusque-là avec une âpreté si diabolique, autant de détails qui se perdaient dans le formidable événement que représentait la découverte de Benjamin Prévotelle.

Et cet événement était si bien pour moi le centre de toutes mes préoccupations que j'avais eu l'idée, en me jetant au secours de Massignac, de prendre sur la chaise le journal où j'avais lu la première moitié du mémoire! Etre libre, cela signifiait, avant tout, avant même de sauver Massignac et, par lui, de sauver la formule, cela signifiait la faculté de poursuivre la lecture du mémoire et de connaître ce que le monde entier devait déjà connaître!

Je fis, dans ma barque, le tour de l'île et, me dirigeant vers des lumières, vins atterrir à la rive principale. Un tramway passait. Il y avait des boutiques ouvertes. Je me trouvais entre Bougival et Port-Marly.

A dix heures du soir, je m'enfermais dans une chambre d'hôtel à Paris et je dépliais le journal. Mais je n'avais pas eu le courage d'attendre aussi longtemps. En route, sous la lueur insuffisante du tramway, je surprenais, d'un coup d'œil, quelques lignes de l'article. Un mot me renseignait. Je connaissais, moi aussi, la merveilleuse hypothèse de Benjamin Prévotelle. Je savais, et, sachant, je croyais.

On se rappelle le point où j'en étais resté de ma lecture incommode. Benjamin Prévotelle avait été amené à conclure, de ses études et de ses expériences, d'abord que les images de Meudon étaient de véritables projections cinématographiques, et ensuite que ces projections, ne venant d'aucun endroit de l'amphithéâtre, devaient venir de plus loin. Or, voilà que la dernière vision, celle de la journée révolutionnaire du 21 janvier, était entravée par un obstacle. Quel obstacle? Et comment, dans l'état d'esprit où se trouvait Benjamin Prévotelle, comment ne pas lever les yeux vers le ciel?

Le ciel était pur. L'était-il au-delà des limites que l'on pouvait observer des gradins supérieurs de l'amphithéâtre? Benjamin Prévotelle monta jusqu'au faîte et regarda l'horizon.

Là-bas, vers l'occident, des nuages flottaient.

Et Benjamin Prévotelle continuait, en répétant sa phrase :

« Des nuages flottaient! Et du fait que des nuages flottaient à l'horizon, les visions de l'écran devenaient moins nettes ou même s'évanouissaient! Coïncidence? dira-t-on. A trois reprises différentes, alors que le film perdait de son éclat, je me tournai vers l'horizon : les trois fois, des nuages passaient. Trois coïncidences de cette sorte peuvent-elles être produites par le hasard? Est-il un esprit scientifique qui n'y doive voir une relation de cause à effet, et qui ne soit forcé d'admettre que, dans cette occurrence, — et dans telles autres visions observées jusqu'ici et qui furent troublées par une cause inconnue — l'interposition des nuages agissait à la manière d'un voile en *interceptant la projection au passage?* Je ne pus faire une quatrième épreuve. Mais qu'importe! J'avais pénétré assez avant pour qu'il me fût permis de travailler et de réfléchir sans qu'aucun obstacle m'arrêtât. On ne reste pas à mi-chemin de certaines vérités. Quand on les entrevoit, elles se découvrent à vous entièrement.

« Certes, au premier abord, la logique scientifique, loin de ramener l'explication, que je cherchais si avidement, aux données de la science humaine, me jetait, presque en dépit de moi-même, dans une région plus mystérieuse encore. Et lorsque, après cette seconde séance, je rentrai chez moi, je me demandais s'il ne valait pas mieux avouer mon ignorance que de m'élancer à la poursuite d'hypothèses qui me semblaient, tout à coup, en dehors des limites de la science. Mais comment l'aurais-je pu? Je travaillais et j'imaginais malgré moi. Les déductions s'enchevêtraient. Les preuves s'accumulaient. Tandis que j'hésitais à m'engager sur une voie dont la direction me déconcertait, déjà je touchais au but, et déjà je m'asseyais devant une table, la plume à la main, pour écrire le rapport que me dictait ma raison autant que mon imagination.

« Ainsi le premier pas était fait : sur l'ordre impérieux de la réalité, j'admettais l'hypothèse des communications extra-terrestres, ou, du moins, provenant d'au-delà des nuages. Devais-je supposer qu'elles émanaient de quelque dirigeable voguant dans l'atmosphère au-dessus de la zone de ces nuages? Outre qu'un tel dirigeable n'a jamais été observé, on doit remarquer que des projections lumineuses, assez puissantes pour illuminer l'écran de Meudon à plusieurs kilomètres de distance, laisseraient dans l'air un sillon de lumière diffuse qui ne pourrait échapper à personne. Enfin, dans l'état actuel de la science, il est permis d'affirmer hautement que de pareilles projections seraient tout à fait irréalisables.

« Alors? Alors fallait-il jeter les yeux plus loin, traverser d'un bond l'espace et supposer que les projections ont une origine non pas seulement extra-terrestre, mais extra-humaine?

« Le grand mot est écrit maintenant. L'idée ne m'appartient plus. Comment sera-t-elle accueillie par ceux à qui, demain, ce mémoire la révélera? Avec la même ferveur et la même angoisse sacrée qui m'ont remué, moi? Avec la même défiance, pour commencer, et finalement, le même enthousiasme?

« Reprenons notre sang-froid, voulez-vous? Si effarante que soit la conclusion très précise à laquelle nous a conduits l'examen des phénomènes, examinons-la elle-même en toute liberté d'esprit, et tâchons de la soumettre à toutes les épreuves qu'il nous est loisible de lui imposer.

« Projections extra-humaines, qu'est-ce que cela veut dire? L'expression semble vague et notre pensée se disperse. Serrons les choses de près. Etablissons d'abord, comme frontières impossibles à franchir, les frontières de notre système solaire, et dans ce cercle immense concentrons nos regards vers les points les plus accessibles, et par conséquent les plus proches. Car enfin, s'il y a réellement projections, il faut bien que, extra-humaines ou humaines, elles émanent de points fixes, situés dans l'espace. Il faut qu'elles émanent des astres voisins de la Terre, auxquels, à la rigueur, nous avons quelque droit d'attribuer l'origine de ces projections.

« J'en compte cinq de ces points fixes.

« La Lune, le Soleil, Jupiter, Mars et Vénus.

« Si, d'autre part, nous adoptons, comme l'hypothèse la plus vraisemblable, que les projections suivent une direction rectiligne, l'astre inconnu d'où émanent les apparitions, doit satisfaire à une double condition : d'abord il doit avoir été en état de prendre des vues, ensuite il doit être en état de nous en renvoyer l'image. Prenons comme exemple un cas où il est possible de préciser le lieu et la date. Le lancement d'une Montgolfière, gonflée à l'air chaud, eut lieu le 5 juin 1783, à quatre heures de l'après-midi, aux environs d'Annonay. Il est aisé, en se reportant aux tableaux de la *Connaissance des Temps,* de savoir quels astres étaient à ce moment au-dessus de l'horizon, et à quelle hauteur. On trouve ainsi que Mars, Jupiter et la Lune étaient couchés, tandis que le Soleil et Vénus se tenaient respectivement à cinquante degrés et à vingt-trois degrés au-dessus de l'horizon d'Annonay, et naturellement du côté de l'ouest. Les deux astres étaient donc seuls en état de voir l'expérience des frères Montgolfier. Mais ils ne la voyaient pas suivant le même azimut : une vue prise du Soleil eût montré les choses par en dessus, tandis qu'à la même heure

Vénus pouvait les observer dans une direction peu inclinée sur l'horizontale.

« Voilà une première indication. Pouvons-nous la contrôler? Oui, en recherchant la date à laquelle la projection de la vue prise fut observée par Victorien Beaugrand, et en vérifiant si, à cette date, l'astre projetant était en état d'animer l'écran de Meudon. Or, ce jour-là, si l'on vérifie les indications que nous a fournies Victorien Beaugrand, Mars et la Lune étaient couchés, Jupiter se trouvait du côté de l'est, le Soleil tout près de l'horizon, et Vénus légèrement au-dessus. Des projections émanées de cette dernière planète pouvaient donc éclairer l'écran, disposé, comme on sait, face à l'ouest.

« Cet exemple nous montre que, si fragile que semble mon hypothèse, on peut, et on pourra de plus en plus, la soumettre à un contrôle rigoureux. Je n'ai pas manqué de recourir à cette méthode en ce qui concerne les autres visions, et je reproduirai dans un tableau spécial, annexé à ce mémoire, la liste des vérifications, un peu rapides forcément, que je viens de faire. Or, dans tous les cas examinés, les vues ont été prises et projetées dans des conditions telles qu'on peut logiquement les rapporter à la planète Vénus, et à *elle seule*.

« Bien plus, deux de ces vues, l'une qui fit voir à Victorien Beaugrand et à son oncle l'exécution de Miss Cavell, et l'autre qui nous fit assister au bombardement de Reims, semblent avoir été prises, la première le matin puisque Miss Cavell fut exécutée le matin, et la seconde du côté de l'est, puisqu'elle nous montrait un obus qui menaçait une statue dressée sur la façade orientale de la cathédrale. Cela nous prouve que les vues peuvent être prises indifféremment le matin ou le soir, par l'ouest et par l'est, et n'est-ce pas un argument considérable en faveur de mon hypothèse, puisque Vénus, Etoile du soir, ou Etoile du matin, regarde la Terre, à l'aurore par le levant, au soir par l'occident — et puisque Noël Dorgeroux (je viens d'en avoir la confirmation téléphonique par Victorien Beaugrand) — puisque Noël Dorgeroux, visionnaire magnifique, avait fait construire son mur sur *deux faces identiquement inclinées vers le ciel, l'une au couchant, l'autre à l'orient, l'une et l'autre s'offrant tour à tour aux radiations de Vénus Etoile du soir, ou de Vénus Etoile du matin!*

« Telles sont, jusqu'à nouvel ordre, les preuves qu'il m'est loisible de fournir. Il y en a d'autres. Il y a par exemple l'heure des visions : Vénus descend vers la ligne de l'horizon; sur la Terre c'est la pénombre, et les images peuvent se former en dehors de la clarté solaire. Notons aussi que Noël Dorgeroux, suspendant toute expérience, bouleversa l'Enclos et démolit l'ancien écran durant l'hiver dernier. Or, cette interruption correspond exactement à une période pendant laquelle la position de Vénus au-delà du Soleil ne lui permettait pas de communiquer avec la Terre. Toutes ces preuves seront renforcées par une étude plus approfondie et par l'examen raisonné des images qui nous furent et nous seront offertes. Mais, si j'ai poursuivi ce mémoire sans m'arrêter aux objections et aux difficultés qui se lèvent à chaque ligne que j'écris, si je me suis contenté d'exposer la suite logique et presque fatale des déductions qui m'ont conduit à mon hypothèse, je manquerais à l'Académie, en laissant croire que je n'ai pas senti tout le poids de ces objections et de ces difficultés. Devais-je pour cela renoncer à ma tâche? Je ne l'ai pas pensé. Si le devoir est de s'incliner lorsque la Science prononce un veto formel, il ordonne de s'obstiner lorsqu'elle se borne à confesser son ignorance. C'est à ce double principe que j'obéis en cherchant, non plus l'origine des projections, mais la manière dont elles peuvent fonctionner, car tout le problème est là. Il est facile d'affirmer qu'elles émanent de Vénus, il ne l'est pas d'expliquer comment elles cheminent à travers l'infini, et comment elles exercent leur action, à cinquante millions de kilomètres, sur un imperceptible écran de trente ou quarante mètres carrés. Je me heurte à des lois physiques que je n'ai pas le droit d'enfreindre.

« Ainsi, et sans aucune espèce de discussion, j'admets comme interdit de supposer que la lumière puisse constituer l'agent des transmissions observées. Les lois de la diffraction s'opposent, en effet, de la façon la plus absolue, à la propagation rigoureusement rectiligne des rayons lumineux, et, par suite, à la formation et à la réception des images aux distances exceptionnelles envisagées actuellement. Non seulement les lois de l'optique géométrique ne sont qu'une approximation assez grossière, mais encore les réfractions compliquées qui se produiraient inévitablement dans les atmosphères terrestre et vénusienne viendraient troubler les images optiques : le veto de la science est donc formel en ce qui concerne la possibilité de ces transmissions optiques.

« Je croirais d'ailleurs volontiers que les habitants de Vénus ont déjà essayé de correspondre avec nous par l'intermédiaire de signaux lumineux, et que, s'ils ont renoncé à ces essais, c'est précisément que l'imperfection de notre science humaine les rendait inutiles. On sait en effet que Lowell et Schiaparelli ont aperçu, à la surface de Vénus, des points brillants et d'éclat fugitif qu'ils ont eux-mêmes attribués, soit à des éruptions volcaniques, soit plutôt aux tentatives de correspondance dont je viens de parler.

« Mais la science ne nous empêche pas de nous demander si, devant l'insuccès de ces tentatives, les habitants de Vénus n'ont pas eu recours à un autre genre de correspondance. Comment ne pas penser, par exemple, aux rayons X, dont le cheminement, rigoureusement rectiligne, permettrait la formation d'images aussi nettes qu'on peut le désirer? De fait, il n'y a pas d'impossibilité à ce que ces rayons soient employés pour l'émission reçue sur l'écran de Meudon, bien que la qualité de la lumière analysée au spectroscope rende cette supposition fort improbable. Mais comment expliquer par les rayons X *la prise de vues terrestres* dont nous avons vu sur l'écran le dessin animé? Nous savons bien, si nous reprenons l'exemple correct auquel je me référais tout à l'heure, nous savons bien que ni les frères Montgolfier, ni le paysage environnant n'émettaient de rayons X. Ce n'est donc pas par l'intermédiaire de ces rayons que les Vénusiens auraient pu capter l'image qu'ils nous ont ensuite transmise.

« Voilà donc épuisées toutes les possibilités d'une explication qui se rattacherait aux données actuelles de la science. Je dis très nettement qu'aujourd'hui, dans ce mémoire, je n'aurais pas osé m'aventurer sur le terrain des hypothèses et proposer une solution à laquelle se trouvent mêlés mes propres travaux, si Noël Dorgeroux lui-même ne m'y avait en quelque sorte autorisé. J'ai publié en effet, il y a un an, une brochure intitulée « Essai sur la gravitation universelle » qui a passé inaperçue, mais qui a dû être l'objet de l'attention particulière de Noël Dorgeroux, puisque son neveu, Victorien Beaugrand, a trouvé mon nom inscrit sur ses papiers, et que Noël Dorgeroux n'a pu connaître mon nom que par cette brochure. Or, eût-il pris la peine de l'inscrire si la théorie des *rayons de gravitation* que je développe en cette brochure ne lui avait pas paru s'adapter exactement au problème soulevé par sa découverte?

« Qu'on veuille donc bien se reporter à ma brochure. On y verra les résultats, vagues encore mais non point négligeables, que j'ai pu obtenir par mes expériences relatives à ce rayonnement. On y verra qu'il se propage en direction rigoureusement rectiligne, et avec une vitesse triple de celle de la lumière (il ne lui faut donc pas plus de quarante-six secondes pour atteindre Vénus lorsqu'elle est le plus rapprochée de la Terre). On y verra enfin que, si l'existence de ces rayons, *grâce auxquels l'attraction universelle s'exerce suivant les lois newtoniennes,* n'est pas encore admise, et si je ne suis pas encore parvenu à les rendre visibles par des récepteurs appropriés, je donne cependant de leur existence des preuves qui doivent être prises en considération. Et l'approbation de Noël Dorgeroux est aussi une preuve qu'on n'a pas le droit de négliger.

« D'autre part, il est permis de croire que, si notre pauvre science rudimentaire a pu ignorer, après des siècles et des siècles d'efforts, le facteur essentiel de l'équilibre des Mondes, il est permis de croire que les savants de Vénus ont franchi depuis longtemps ce stade inférieur de la connaissance, et qu'ils possèdent des récepteurs photographiques permettant la prise de films avec les rayons de gravitation, et cela suivant des méthodes d'une perfection vraiment admirable. Ils attendaient donc. Penchés sur notre humble planète, sachant tout ce qui s'y passait, témoins de notre impuissance, ils attendaient de pouvoir entrer en communication avec nous par le seul moyen qui leur parût possible. Ils attendaient, patients, tenaces, formidablement armés, balayant notre sol avec les faisceaux invisibles des rayons groupés dans leurs projecteurs et dans leurs récepteurs, fouillant et interrogeant les moindres recoins.

« Et un jour la chose merveilleuse eut lieu. Un jour le faisceau des rayons rencontra sur l'écran la couche des substances où pouvait seulement se faire le travail spontané de la décomposition chimique et de la reconstitution immédiate. Ce jour-là, grâce à Noël Dorgeroux, et grâce au hasard, avouons-le, puisque Noël Dorgeroux poursuivait des expériences absolument différentes, ce jour-là les Vénusiens avaient établi la liaison entre nos deux mondes. Le plus grand fait de l'histoire terrestre s'était produit.

« Nous avons même la preuve que les Vénusiens connurent les premières expériences de Noël Dorgeroux, qu'ils en comprirent l'intérêt, qu'ils s'occupèrent de ses travaux, et qu'ils suivirent les événements de sa vie, puisque, voilà des années, ils ont recueilli la scène où son fils Dominique fut tué à la guerre. Mais je ne reprendrai pas par le détail chacun des films qui se sont déroulés à Meudon. C'est une étude que tout le monde peut faire maintenant à la lumière des hypothèses que je propose. Je demanderai seulement que l'on considère avec attention le procédé par lequel les Vénusiens ont voulu donner à ces films une sorte d'unité. On l'a dit à juste titre : le signe des Trois Yeux est une marque de fabrique, analogue à la marque de nos grandes maisons de cinéma. Marque de fabrique où s'affirment également, de la manière la plus frappante, les ressources extra-humaines des Vénusiens, puisque ces Trois Yeux, sans rapport aucun avec nos yeux d'homme, les Vénusiens parviennent à leur donner l'expression de nos yeux, bien plus, l'expression des yeux de celui qui sera le personnage principal du film.

« Mais pourquoi le choix de cette marque? Pourquoi des yeux, et au nombre de trois? Est-il nécessaire, au point où nous en sommes, de faire une réponse à cette question? La réponse, les Vénusiens ne l'ont-ils pas faite eux-mêmes en nous adressant ce film, en apparence absurde, où des Formes vivaient certainement, devant nous, selon les lignes et les principes de la vie vénusienne? N'est-ce pas une vue prise *chez eux et sur eux* dont nous fûmes les spectateurs ahuris? N'est-ce pas, en opposition avec la mort de Louis XVI, un épisode représentant le supplice de quelque grand personnage que les bourreaux déchirent de leurs *trois* tentacules et dont ils coupent l'espèce de tête amorphe ornée de *trois* yeux?

« Trois Mains... Trois Yeux! Oserai-je, avec cette donnée fragile, aller au-delà de ce que nous avons vu, et dire que le Vénusien possède la symétrie totale du triangle, comme l'homme, avec ses deux yeux, ses deux oreilles et ses deux bras, possède la symétrie binaire. Essaierai-je d'expliquer son mode d'avancer par gonflements successifs, et de se diriger verticalement le long des rues *verticales,* dans des villes bâties *en hauteur?* Aurai-je l'audace d'écrire, comme je le crois, qu'il est pourvu d'organes lui assurant le sens magnétique, le sens de l'espace, le sens électrique, etc., organes disposés par trois? Non. Ce sont là des précisions que les savants de Vénus nous offriront le jour où il leur plaira d'entrer en correspondance avec nous.

« Et, qu'on en soit persuadé, ils n'y manqueront pas. Tout leur effort vers nous depuis des siècles tend à cela. « Causons », nous diront-ils bientôt, comme ils ont dû le dire à Noël Dorgeroux, et comme ils y ont réussi sans doute avec lui. Emouvante conversation, où le grand visionnaire a puisé de telles forces et de telles certitudes que c'est à lui que je m'en réfère pour jeter dans le débat, avant de conclure, les deux preuves formelles qu'il voulut lui-même tracer sur le bas de l'écran durant les quelques secondes de son agonie — double affirmation de celui qui, en s'en allant, *savait.*

« Rayon B... B.E.R.G.E...

« En formulant ainsi sa croyance suprême au rayon B, Noël Dorgeroux ne désignait plus ce rayonnement inconnu qu'il avait naguère imaginé pour expliquer les phénomènes de l'écran, et qui eût été la matérialisation d'images nées en nous et projetées hors de nous. Plus clairvoyant, mieux averti par ses expériences, renonçant aussi à rattacher les faits nouveaux à l'action de la chaleur solaire, qu'il avait si souvent utilisée, il désignait nettement ces rayons de gravitation dont il connaissait l'existence par ma brochure, et peut-être par sa correspondance avec les Vénusiens, ces rayons que ceux-ci ont domestiqués, comme le sont, par le plus modeste photographe, les rayons lumineux.

« Et les cinq lettres du mot Berge, ce n'est pas le début du mot Bergeronnette, erreur fatale dont fut victime Bérangère Massignac. C'est, presque en entier, le mot Berger. A l'instant de mourir, dans son cerveau déjà envahi de ténèbres, Noël Dorgeroux ne trouva pas, pour désigner Vénus, d'autre expression qu'Etoile du Berger, et sa main affaiblie ne put en tracer que quelques lettres. La preuve est donc formelle. *Celui qui savait* a eu le temps de dire l'essentiel de ce qu'il savait : *Par le moyen des rayons de gravitation, l'Etoile du Berger envoie à la Terre des messages animés.*

« Si l'on admet les déductions successives qui ont été énoncées dans ce rapport préliminaire — où j'espère qu'un jour on verra comme une réplique du rapport dérobé à Noël Dorgeroux — il reste encore d'innombrables points sur lesquels nous ne possédons aucun élément de vérité. Comment sont constitués les appareils d'observation et de projection employés par les Vénusiens? Par quels mécanismes prodigieux réalisent-ils la fixité parfaite des projections entre deux astres animés chacun de mouvements aussi compliqués dans l'espace (pour la Terre seule, on en connaît jusqu'à dix-sept)?

« Et même, tout près de nous, quelle est la nature de l'écran employé aux projections de Meudon? Quelle est cette couche gris foncé dont il est enduit? Comment se décompose-t-elle? Comment peut-elle reconstituer les images? Autant de questions que notre science est impuissante à résoudre. Mais du moins elle n'a pas le droit de les déclarer insolubles, et j'affirme même qu'elle a le devoir de les étudier par tous les moyens que les pouvoirs publics sont tenus de mettre à sa disposition. On dit que le sieur Massignac a disparu. Qu'on profite de l'occasion! Que l'on déclare l'amphithéâtre de Meudon propriété nationale! Il est inadmissible qu'un individu reste, au détriment de toute l'humanité, possesseur d'aussi formidables secrets, et puisse, s'il lui plaît, et sur un simple caprice, les anéantir à jamais. Cela ne doit pas être. D'ici quelques jours nous devons entrer en relations ininterrompues avec les habitants de Vénus. Ils nous raconteront l'histoire millénaire de notre passé, nous révéleront les grandes énigmes qu'ils ont élucidées, et nous feront bénéficier des conquêtes d'une civilisation auprès de laquelle la nôtre semble n'être encore que désordre, ignorance, et balbutiement de sauvages... »

XVI

LES LÈVRES JOINTES

Il suffit de lire les journaux de l'époque pour se rendre compte que l'émoi causé par les visions de Meudon atteignit sa période aiguë à la suite du mémoire de Benjamin Prévotelle. J'en ai quatre sur ma table, de ces journaux, datés du lendemain. Les huit pages de chacun d'eux ne contiennent pas une ligne qui n'ait trait à ce qu'on appela tout de suite la splendide hypothèse.

D'ailleurs, unanimité, ou à peu près, dans l'approbation et dans l'enthousiasme. A peine quelques cris de protestation véhémente poussés par des savants que la hardiesse du mémoire plus encore que ses lacunes exaspérait. Pour la masse du public, il ne s'agissait pas d'une hypothèse, mais d'une vérité définitive. Chacun apportait sa preuve, comme une pierre à l'édifice. Si fortes qu'elles fussent — et on les exposait dans toute leur vigueur — les objections paraissaient provisoires, et susceptibles d'être écartées par une étude plus attentive et un contrôle sérieux des phénomènes.

Et c'est à cette conclusion, la conclusion même de Benjamin Prévotelle, qu'aboutissaient tous les articles, toutes les interviews et toutes les lettres publiés. Les mesures préconisées par lui étaient réclamées avec énergie. Il fallait agir au plus vite et organiser une série d'expériences à l'Amphithéâtre de Meudon.

Au milieu de cette effervescence, l'enlèvement de Massignac compta peu. Le sieur Massignac était disparu? On ne trouvait rien qui permît de savoir qui l'avait enlevé et où on l'avait enfermé? Soit. Cela n'importait guère. Comme le disait Benjamin Prévotelle, l'occasion était trop bonne pour qu'on n'en profitât point. Dès le premier matin on avait mis les scellés sur les portes de l'Enclos. Qu'attendait-on pour commencer les épreuves?

Pour moi, je ne soufflai mot de mon aventure de Bougival, toujours dans la crainte de compromettre Bérangère puisqu'elle y était mêlée de la façon la plus directe. Je retournai néanmoins au bord de la Seine. De l'enquête sommaire que j'y fis, il résulta que Massignac et Velmot avaient vécu une partie de l'hiver dans l'île, en compagnie d'un gamin qui, durant leur absence, gardait la maison que l'un deux avait louée sous un nom d'emprunt. J'explorai cette maison. Personne n'y habitait plus. Quelques meubles, quelques ustensiles, voilà tout.

Le quatrième jour, une commission nommée d'urgence se réunit à l'Enclos vers le milieu de l'après-midi. Comme le ciel était nuageux, on se contenta d'examiner les bidons trouvés dans le soubassement du mur, puis une fois le rideau de fer relevé, de découper, à différents endroits de l'écran et sur les bords, des bandes de substance gris foncé.

L'analyse ne révéla absolument rien de spécial. On trouva un amalgame de matières organiques et d'acides dont la nomenclature serait fastidieuse, et qui, de quelque manière qu'on les traitât, ne fournirent pas la moindre explication du plus petit phénomène. Mais, le sixième jour, le ciel se dégagea, et la commission revint, accrue de personnages officiels et de curieux qui avaient réussi à se mêler au cortège.

La station devant l'écran fut vaine et quelque peu ridicule. Tous ces gens, à l'affût d'une chose qui ne se produisait pas, plantés devant un mur où il n'y avait rien, les yeux agrandis, les visages crispés, avaient un air de gravité tout à fait réjouissant.

Une heure s'écoula dans une attente anxieuse. Le mur demeura impassible.

Déception d'autant plus grande que cette épreuve était attendue dans le public comme le dénouement connu d'avance de la tragédie la plus passionnante. Fallait-il renoncer à savoir, et admettre que, seule, la formule de Noël Dorgeroux pouvait susciter les visions? J'en étais, quant à moi, persuadé. En dehors des substances prélevées, il y avait un liquide, le liquide que Massignac composait selon la formule, qu'il enfermait précieusement, comme mon oncle, dans des fioles ou dans des flacons bleus, et qui, répandu sur l'écran avant chaque séance, lui communiquait le mystérieux pouvoir de l'évocation.

Des recherches furent effectuées. Pas de fioles. Pas de flacons bleus.

Décidément, on commençait à regretter la disparition, peut-être la mort du sieur Massignac. Le grand secret allait-il se perdre au moment où l'hypothèse de Benjamin Prévotelle venait d'en montrer l'importance considérable?

Or, le matin du onzième jour qui suivit le mémoire de Benjamin Prévotelle, c'est-à-dire le 27 mai, des journaux publièrent une note signée de Théophile Massignac par laquelle il annonçait qu'à la fin de cette même journée la troisième séance de l'Enclos aurait lieu sous sa propre direction.

De fait, vers midi, il se présenta. Les portes étant closes et gardées par quatre agents, il ne put entrer.

Mais à trois heures arriva un fonctionnaire de la Préfecture, muni de pleins pouvoirs pour négocier.

Massignac posa ses conditions. Il redeviendrait le maître absolu de l'Enclos, lequel serait entouré d'agents et, entre les séances, consigné à toute autre personne que lui. Aucun spectateur ne pourrait être muni d'un appareil de photographie ou d'un instrument quelconque.

Tout fut accordé. Pour reprendre la série interrompue des séances miraculeuses, pour renouer le fil des communications avec Vénus — car cette capitulation des pouvoirs publics devant l'audace d'un homme dont on connaissait le crime, montrait que l'hypothèse de Benjamin Prévotelle était adoptée en haut lieu — on passait sur tout.

Au fond, et personne ne s'y trompa, on filait doux dans l'espoir de prendre une revanche prochaine et, par quelque subterfuge, de mettre la main sur l'écran à telle minute où l'opération serait efficace. Massignac le sentit si bien qu'à l'ouverture des portes il eut le cynisme de faire distribuer une circulaire ainsi conçue : « Le public est prévenu que toute tentative contre la direction aura pour conséquence immédiate l'anéantissement de l'écran et la perte irréparable du secret de Noël Dorgeroux. »

Pour ma part, n'ayant pas eu la preuve que Massignac fût mort, je ne m'étais pas étonné de son retour. Mais le changement de ses traits et de son attitude me stupéfia. Il était vieilli de dix ans, se tenait courbé, et l'éternel sourire, qui semblait être jadis son expression naturelle, n'animait plus sa figure amaigrie, jaune et inquiète.

Il me vit et m'entraîna à l'écart :

« Hein! il m'a mis dans un fichu état! Ah! le bandit! Il m'a roué de coups d'abord, au fond d'une cave... Et puis il m'a plongé dans l'eau pour me faire causer... Depuis, il m'a fallu dix jours de lit pour en revenir! Ah! ce n'est pas de sa faute si je n'y suis pas resté, le misérable! D'ailleurs il doit avoir son compte, lui aussi... et plus sévèrement que moi, j'espère. La main qui l'a frappé ne tremblait pas. »

De quelle main parlait-il, et comment le drame s'était-il dénoué dans les ténèbres, je ne le lui demandai pas. Une seule chose importait.

« Massignac, vous avez lu le mémoire de Benjamin Prévotelle?

— Oui.

— Il est conforme à la vérité, conforme au rapport de mon oncle que vous avez lu? »

Il haussa les épaules.

« Qu'est-ce que ça peut vous faire? Qu'est-ce que cela peut faire aux gens? Est-ce que je conserve les visions pour moi? Non, n'est-ce pas? Au contraire. Je cherche à les montrer à tout le monde et à gagner honnêtement l'argent qu'on me paie. Que veut-on de plus?

— On veut mettre à l'abri une découverte...

— Jamais! jamais! prononça-t-il avec colère. Qu'on me fiche la paix avec toutes ces histoires-là! J'ai acheté, oui, acheté, le secret de Noël Dorgeroux. Eh bien, je le garde pour moi, pour moi tout seul, envers et contre tout, et malgré toutes les menaces. Je ne parlerai pas plus que quand j'étais entre les griffes de Velmot et sur le point de crever. Je vous le dis, Victorien Beaugrand, le secret de Noël Dorgeroux mourra de ma propre mort, j'en fais le serment. »

Lorsque Théodore Massignac, quelques minutes plus tard, se dirigea vers sa place, il n'avait plus son air de dompteur, qui pénètre dans une cage, mais bien plutôt les allures d'une bête traquée, que les moindres bruits effarouchent et qui frémit à l'approche de la trique et des coups de cravache.

Mais les gardiens à chaîne d'huissier étaient là, provocants, farouches, leur solde doublée, m'avait-on dit.

Précaution inutile. Le danger qui menaçait Massignac ne venait pas de la foule. Elle se tenait dans un silence religieux, comme préparée à la célébration de quelque office solennel. Ni applaudissements, ni invectives à l'égard de Massignac. On attendait gravement ce qui allait se produire, sans que personne doutât que *cela* fût sur le point de se produire. Les spectateurs des gradins les plus élevés — j'étais de ceux-là — tournaient souvent la tête. Au ciel pur, tout luisant d'or, brillait Vénus, Etoile du Soir.

Quelle émotion! Pour la première fois des hommes avaient la certitude qu'ils étaient regardés par des yeux qui n'étaient pas les leurs, et veillés par des esprits qui différaient de leur esprit. Pour la première fois, ils s'unissaient de façon tangible à cet au-delà de l'espace, peuplé jadis de leurs seuls rêves et de leurs seuls espoirs, et d'où maintenant descendait vers eux le regard affectueux de leurs frères nouveaux. Ce n'étaient pas des légendes et des fantômes jetés en plein ciel par nos âmes inassouvies, mais des êtres vivants qui s'adressaient à nous dans le langage vivant et naturel des images, jusqu'à l'heure prochaine où nous causerions avec eux comme des amis à jamais retrouvés.

Leurs yeux, leurs Trois Yeux, furent infiniment doux ce jour-là, chargés d'une tendresse qui semblait de l'amour, et qui nous fit tressaillir d'une égale tendresse et d'un même amour. Qu'annonçaient-ils, ces yeux de femme, ces yeux de plusieurs femmes, qui palpitèrent devant nous avec des sourires, des promesses, une telle séduction et une telle volupté? De quelles scènes heureuses et charmantes de notre passé allions-nous être les témoins émerveillés?

J'observai mes voisins. Tous étaient comme moi, tendus vers l'écran. D'avance le spectacle creusait les visages. Je notai la pâleur de deux jeunes gens. Une femme, que des voiles de deuil m'empêchaient de voir, tenait son mouchoir à la main, prête à pleurer.

Ce fut d'abord un paysage de lumière violente qui nous apparut, un paysage italien, avec une route poudreuse, où des cavaliers, vêtus d'uniformes comme en portaient les armées de la Révolution, galopaient autour d'une berline attelée de quatre chevaux. Puis, tout de suite, ce fut, dans un jardin d'ombre, à l'extrémité d'une allée de cyprès noirs, une maison aux volets fermés qui reposait sur une terrasse fleurie.

La berline vint s'arrêter au pied de cette terrasse, et repartit après avoir déposé un officier qui bondit jusqu'à la porte et frappa du pommeau de son sabre.

La porte s'ouvrit presque aussitôt. Une grande jeune femme s'élança de la maison, les bras tendus vers l'officier. Mais, au moment de s'étreindre, ils reculèrent tous deux de quelques pas, comme pour suspendre leur bonheur afin d'en mieux goûter l'ivresse.

Alors l'écran nous montra le visage de cette femme, et aucun mot ne saurait dire l'expression de joie et d'amour éperdu qui faisait de ce visage, pas très beau ni très jeune, la chose du monde la plus frémissante de jeunesse et de beauté.

Puis les deux amants se jetèrent dans les bras l'un de l'autre, comme si leurs vies, trop longtemps séparées, cherchaient à n'en plus faire qu'une. Et leurs bouches s'unirent.

Nous ne sûmes plus rien de l'officier français et de sa maîtresse italienne. Une autre image succéda, moins lumineuse, mais aussi nette, l'image d'un long rempart crénelé, bossué de tours rondes à mâchicoulis. En bas et au milieu, parmi les ruines d'un bastion, il y avait des arbres rangés en demi-lune, de chaque côté d'un vieux chêne.

Et peu à peu, de l'ombre de ces arbres, sortit en pleine clarté une toute jeune fille, coiffée du hennin et vêtue d'une ample robe qui traînait à terre. Elle s'arrêta, les mains ouvertes et levées. Elle apercevait quelque chose que nous ne pouvions voir, nous. Sa jolie figure eut un adorable sourire. Ses yeux se fermèrent à moitié, et sa mince silhouette sembla défaillir et attendre.

Ce qu'elle attendait, c'était un jeune garçon, qui vint vers elle et qui lui prit les lèvres tandis qu'elle s'abandonnait sur son épaule.

Couple passionné, qui nous troubla certes, comme le couple d'Italie, par tout ce qu'il y avait en lui de désir et de langueur, mais combien plus encore par l'idée que c'était un couple qui vivait, devant nous et à l'heure actuelle, sa véritable vie d'autrefois! Nos sensations n'étaient plus celles des séances précédentes, encore pleines d'hésitation et d'ignorance. Nous savions maintenant. En cet après-midi de notre époque, nous regardions vivre des êtres du XVe siècle. Ils ne répétaient pas pour notre plaisir des gestes déjà exécutés. Ils les accomplissaient pour la première fois dans le temps et dans l'espace. C'était leur premier baiser d'amour.

Cela, cette sensation de voir *cela*, c'est une sensation qui dépasse toutes celles que l'on peut imaginer! Voir le passé, non point en évocation, mais en réalité! Voir un page et une demoiselle à hennin qui se baisent la bouche!

Voir, comme nous le vîmes aussitôt après, une colline grecque! Voir l'Acropole sous son ciel d'il y a deux mille ans, avec ses jardins et ses maisons, avec ses palmiers, avec ses ruelles, avec ses propylées, avec ses temples, avec le Parthénon, non point en ruine, mais dans sa splendeur et dans son intégrité. Le Parthénon! Un peuple de statues l'environne. Et ce sont des Athéniens et des Athéniennes du temps de Périclès ou de Démosthène!

Ils vont. Ils se croisent. Ils causent. Puis ils s'effacent. Une petite rue descend entre deux murs blancs, toute déserte. Un groupe passe et s'en va, laissant derrière lui un homme et une femme qui s'arrêtent soudain, regardent autour d'eux, et s'embrassent ardemment. Et nous voyons, au-dessous du voile qui ceint le front de la femme, deux grands yeux noirs dont les paupières battent comme des ailes, qui s'ouvrent, qui se ferment, et qui rient, et qui pleurent.

Ainsi nous remontons à travers les âges, et nous comprenons que ceux de là-haut qui, penchés sur la terre, ont recueilli ces images successives veulent, en nous les offrant, nous montrer le geste, toujours jeune et toujours renouvelé, de cet amour universel, dont ils se proclament comme nous les esclaves et les fervents. La même loi, mais qui ne s'exprime peut-être pas chez eux par l'enivrement d'une telle caresse, les gouverne et les exalte. Le même élan les transporte. Mais connaissent-ils l'adorable union des lèvres?

D'autres couples passèrent. D'autres époques ressuscitèrent. D'autres civilisations nous apparurent. Nous vîmes le baiser d'une Egyptienne et d'un jeune fellah, et celui qu'échangèrent tout en haut d'un jardin suspendu, dans un décor d'Assyrie, une princesse et un mage, et celui qui transfigura jusqu'à les rendre presque humains deux êtres innommables accroupis à l'entrée d'une caverne, et d'autres encore...

Visions brèves, dont quelques-unes étaient peu distinctes, effacées comme les couleurs d'une fresque trop ancienne, mais visions intenses, puissantes par la signification qu'elles prenaient, pleines, à la fois, de poésie et de réalité brutale, de violence et de beauté sereine.

Et toujours, les yeux de la femme en étaient le centre et comme la raison d'être. Oh! le sourire, et les larmes, et l'allégresse, et le désespoir, et le ravissement de tous ces yeux! Comme il fallait que nos amis de là-haut en eussent également senti tout le charme pour nous les dédier ainsi! Comme il fallait qu'ils eussent senti, et peut-être regretté, toute la différence entre ces yeux d'extase et d'enchantement et leurs yeux à eux, mornes et vides de toute expression! Il y avait tant de douceur dans les yeux de ces femmes, tant de grâce, tant d'ingénuité, tant de perfidie délicieuse, tant de détresse et de séduction, tant de joie victorieuse, tant d'humilité reconnaissante — et tant d'amour — pendant qu'elles offraient leurs lèvres.

La fin de ces visions, je ne pus la voir. Un remous s'était produit autour de moi, parmi la foule que l'angoisse bouleversait, et je me trouvai près de la femme en deuil que j'avais remarquée, et dont la figure demeurait invisible sous les voiles.

Elle les écarta, ces voiles. Aussitôt je reconnus Bérangère.

« Toi! toi! » murmurai-je.

Elle leva vers moi un regard passionné, m'entoura

le cou de ses deux bras, et me tendit sa bouche en balbutiant des mots d'amour...

Je n'osai me pencher, elle me dit :

« Je vous en prie... Je vous en supplie... »

Nos lèvres s'unirent, et j'appris ainsi, sans qu'il fût besoin d'explication, que les insinuations de Massignac contre sa fille étaient fausses, qu'elle était la victime terrifiée des deux bandits, et qu'elle n'avait jamais cessé de m'aimer.

XVII

VISIONS SUPRÊMES

La séance qui suivit fut précédée par deux nouvelles importantes que donnèrent les journaux du soir. Un groupe de financiers proposait à Théodore Massignac, pour l'achat du secret de Noël Dorgeroux et pour l'exploitation de l'amphithéâtre, la somme de dix millions. Théodore Massignac devait donner sa réponse le lendemain.

Mais, en dernière heure, une dépêche du Midi annonçait que la femme de ménage qui avait soigné Massignac dans sa maison de Toulouse quelques semaines auparavant, déclarait que la maladie de son maître était feinte, et que Théodore Massignac avait fait plusieurs absences, soigneusement dissimulées à tous les voisins. Or, l'une de ces absences coïncidait avec l'assassinat de Noël Dorgeroux. La dénonciation de cette femme obligeait donc la justice à rouvrir une enquête, où il y avait déjà contre Massignac tant de présomptions de culpabilité.

Il résultait de ces deux nouvelles que le secret de mon oncle Dorgeroux dépendait d'un hasard, qu'il serait sauvegardé par un achat immédiat, ou perdu à jamais par l'arrestation de Massignac. Une pareille alternative ajoutait encore à la curiosité anxieuse des spectateurs dont beaucoup croyaient justement assister à la dernière des séances de Meudon. On commentait les articles de journaux, les preuves ou les objections accumulées en faveur ou à l'encontre de l'hypothèse. On affirmait que Prévotelle, à qui Massignac refusait l'entrée de l'amphithéâtre, préparait toute une série d'expériences destinées à prouver la justesse absolue de son hypothèse, et dont la plus simple consistait à dresser un échafaudage en dehors de l'Enclos, et à planter, sur le passage des rayons qui allaient de Vénus à l'écran, un obstacle intermittent.

Moi-même qui, depuis la veille, ne pensais qu'à Bérangère, que j'avais inutilement poursuivie parmi la foule où elle avait réussi à s'échapper, je subis la contagion de cette fièvre et renonçai, ce jour-là, à découvrir le long des gradins encombrés la mystérieuse jeune fille que j'avais tenue contre moi, toute frissonnante, heureuse de s'abandonner durant quelques instants à une caresse où elle apportait tout l'élan de son âme incompréhensible. Je l'oubliai. L'écran seul comptait pour moi. Le problème de ma vie était absorbé dans la grande énigme que posaient devant nous ces minutes solennelles de l'histoire humaine.

Elles débutèrent, celles-ci, après le regard le plus douloureux et le plus déchirant qu'aient encore exprimé les Yeux miraculeux, elles débutèrent par cette singulière fantasmagorie d'êtres que Benjamin Prévotelle nous proposait de considérer comme des habitants de Vénus, et qu'il nous fut d'ailleurs impossible de ne pas considérer comme tels. Je n'essaierai pas de les décrire avec plus de précision, ni de décrire le cadre où ils évoluèrent. Le désarroi, en face de ces Formes grotesques, de ces mouvements absurdes et de ces paysages insolites, était trop grand pour qu'on eût le temps de recevoir des impressions très exactes et d'en tirer la moindre théorie valable. Tout ce qu'il est permis de dire, c'est que nous fûmes témoins, comme la première fois, d'une manifestation d'ordre public, avec assistance nombreuse, et avec un ensemble d'actes ayant un but bien défini qui nous parut de même nature que la première exécution. Tout porte à croire en effet — le groupement de certaines Formes au milieu d'un espace vide et autour d'une forme immobile, les gestes exécutés, le sectionnement de cette forme isolée — qu'il y eut supplice et suppression d'existence. En tout cas, nous savions pertinemment, par l'exemple correspondant, que cela ne tirerait sa valeur que de la seconde partie du film. Presque toutes les visions étant doubles, et agissant par antithèse ou par analogie, il fallait attendre pour saisir la pensée générale qui présidait à cette projection.

Elle ne tarda pas à se dégager, et le simple récit de ce que nous vîmes montra combien était juste la prophétie de mon oncle Dorgeroux quand il me disait : « *Les hommes viendront ici en pèlerinage, et ils se mettront à genoux en pleurant comme des enfants.* »

Une rue tortueuse, hérissée de cailloux et coupée de marches, gravit une colline escarpée, sèche, sans ombre sous le plein soleil qui la brûle. Il semble que l'on devine la vapeur qu'exhale, ainsi qu'une haleine chaude, le sol aride.

Une masse de gens surexcités escaladent la pente abrupte. Sur leur dos pendent des tuniques effilochées, et leur aspect est celui que donnent les mendiants ou les artisans des populaces orientales.

La ruelle disparaît, et reparaît à un niveau plus élevé, où nous voyons que cette masse précède et suit un cortège, composé de soldats habillés comme les légionnaires romains.

Il y en a soixante à quatre-vingts peut-être. Ils marchent lentement, en bande désordonnée, leur pique sur l'épaule, et, quelques-uns, leur casque à la main. Parfois, il en est qui s'arrêtent et qui boivent.

De temps en temps, on se rend compte que ces soldats servent d'escorte à un groupe central, formé par quelques chefs, par des civils vêtus de robes comme des prêtres, et, un peu à l'écart par quatre femmes qui cachent, sous de longs voiles, le bas de leur visage. Puis, soudain, à un tournant, le groupe s'étant un peu disloqué, nous apercevons une lourde croix étendue, qui s'élève en cahotant. Un homme est dessous, comme écrasé par l'intolérable fardeau qu'il est condamné à porter jusqu'au lieu du supplice. Il trébuche à chaque pas, fait un effort, se redresse, retombe, se traîne encore, et rampe, et s'accroche aux pierres du chemin, et ne bouge plus. Un coup de bâton donné par un des soldats n'y fait rien. Il est à bout de forces.

A ce moment un homme descend le sentier pierreux. On l'arrête et on lui ordonne de soutenir la croix. Il n'y réussit pas et s'éloigne vivement. Mais, comme les soldats se retournent avec leurs piques vers celui qui est couché à terre, voilà que trois des femmes s'interposent et qu'elles s'offrent à porter le fardeau. L'une d'elles en prend l'extrémité, les deux autres se placent aux deux bras, et elle gravissent ainsi l'âpre colline, tandis que la quatrième femme relève le condamné et le soutient dans sa marche hésitante.

A deux endroits, nous pouvons suivre encore la montée douloureuse de celui qui s'en va vers la mort. Et, ces deux fois-là, son visage nous est offert, isolé sur l'écran. Nous ne le reconnaissons pas. Il diffère du visage que nous attendions d'après les représentations que l'on en donne habituellement. Mais comme il satisfait, plus encore que l'autre, l'idée profonde qu'il évoque en nous comme par sa présence réelle! C'est *Lui,* sans que nous ayons le droit d'en douter une seconde. *Il* vit devant nous. *Il* souffre. *Il* va mourir devant nous.

Il va mourir! Chacun de nous voudrait bien écarter les menaces de cette mort affreuse, et chacun de nous appelle de toute son âme quelque paisible vision où nous l'apercevrions au milieu de ses disciples et de ses douces amies. Mais les jours heureux ont passé, et nous avons peur de ce qui se prépare. Les soldats, en arrivant au lieu du supplice, ont un air plus dur. Les prêtres avec des gestes consacrés maudissent les pierres où s'élèvera le poteau, et se retirent, la tête basse.

Et voici la croix sous laquelle les femmes sont courbées. Le condamné les suit. Elles sont deux maintenant sur lesquelles il est appuyé. Il s'arrête. Rien ne peut plus le sauver. Quand nous le revoyons après une courte interruption de l'image, la croix est dressée, et l'agonie commence.

Je ne crois pas que jamais assemblée d'hommes

ait tressailli d'une émotion plus violente et plus noble que celle dont nous subissions l'étreinte à cette heure, qui était, il faut bien le comprendre, l'heure même où se réglait, pour des siècles et des siècles, le destin du monde. Nous ne la devinions pas à travers les légendes et les déformations. Nous n'avions pas à la reconstituer d'après des documents incertains, ou à l'imaginer selon notre fantaisie et notre sensibilité. Elle était là, cette heure unique. Elle vivait devant nous, dans un décor qui n'avait point de grandeur, mais qui nous semblait très humble et très pauvre. La masse des curieux s'en était allée. Une douzaine de soldats buvaient et jouaient aux dés sur une pierre plate. Quatre femmes se tenaient à l'ombre d'un homme crucifié dont elles baignaient les pieds de leurs larmes. Au sommet de deux collines proches, deux silhouettes se tordaient sur leurs croix. Voilà tout.

Mais quel sens nous donnions à ce spectacle morne! Quelle tragédie formidable se déroulait sous nos regards! Les battements qui agitaient nos cœurs gonflés d'amour et de détresse, étaient les battements mêmes de ce cœur divin. Ses yeux las se baissaient sur les mêmes choses que nous contemplions, sur le même sol desséché, sur les mêmes figures barbares de soldats, sur les mêmes physionomies de femmes désolées.

Lorsqu'une dernière vision nous montra son corps décharné et rigide, et sa douce tête ravagée où les yeux agrandis nous parurent immenses, la foule entière se leva, des hommes et des femmes tombèrent à genoux, et, dans le grand silence tout frissonnant de prières, les bras se tendaient éperdument vers le Dieu qui expirait.

De telles scènes ne peuvent être comprises de ceux qui ne les ont point vues. On n'en retrouvera pas plus le relief dans les pages où je les raconte, que je ne l'y retrouve dans les journaux de l'époque. Ceux-ci accumulèrent des épithètes, des exclamations et des apostrophes, qui ne donnent aucune idée de ce que fut l'intense réalité. Par contre, tous les articles mettent bien en évidence la vérité essentielle qui se dégage des deux films de cette journée, et, fort justement, déclarent que le second explique et complète le premier. Là-bas aussi, chez nos frères lointains, un Dieu fut livré aux horreurs du supplice, et, par le rapprochement des deux événements, ils ont voulu nous dire qu'ils étaient animés comme nous d'une foi religieuse et d'aspirations idéales. Ainsi nous avaient-ils montré, par la mort d'un de leurs chefs et par la mort d'un de nos rois, qu'ils avaient connu les mêmes secousses politiques. Ainsi nous avaient-ils appris par les visions amoureuses qu'ils s'inclinaient comme nous devant la puissance de l'Amour. Donc, mêmes étapes de civilisation, mêmes efforts de croyance, mêmes instincts, mêmes sentiments...

Comment des messages aussi positifs, aussi passionnants, n'auraient-ils point exaspéré, le lendemain, notre désir d'en savoir davantage et de correspondre d'une façon plus intime? Comment ne point penser aux questions qu'il était possible de poser, et aux problèmes qui seraient élucidés, problèmes du passé et de l'avenir, problèmes de civilisation, problèmes de destinée!

Mais la même incertitude demeurait en nous, plus vive que la veille. Qu'allait-il advenir du secret de Noël Dorgeroux? La situation était celle-ci : Massignac acceptait les dix millions qu'on lui offrait, mais à la condition que cet argent lui fût versé aussitôt après la séance, et qu'on lui remît un sauf-conduit pour l'Amérique. Or, bien que l'enquête commencée à Toulouse confirmât les accusations portées contre lui par la femme de ménage, on affirmait que le pacte était sur le point d'être conclu, tellement l'importance du secret de Noël Dorgeroux dépassait toutes les considérations ordinaires de justice et de châtiment. Placé en face d'un état de choses qui ne pouvait se prolonger, le gouvernement cédait, mais en contraignant Massignac à vendre le secret sous peine d'arrestation immédiate, et en postant autour de lui des hommes chargés de lui mettre la main au collet à la moindre incartade. Quand le rideau de fer se releva, douze agents de police remplaçaient les huissiers.

Et alors commença une séance à laquelle les circonstances donnaient une telle gravité, et qui fut par elle-même si poignante et implacable.

Ainsi que les autres fois, nous ne saisîmes pas d'abord la signification qu'on voulait donner aux scènes projetées, et qui défilèrent assez rapidement, comme les scènes amoureuses représentées l'avant-veille.

Il n'y eut pas la vision initiale des Trois Yeux. Tout de suite ce fut la réalité. Au milieu d'un jardin, une femme était assise, jeune, belle, habillée à la mode de 1830. Elle travaillait à une tapisserie tendue sur un métier, et parfois levait les yeux pour regarder avec tendresse une toute petite fille qui jouait près d'elle. La mère et l'enfant se souriaient. L'enfant quittait ses pâtés de sable et venait embrasser sa mère.

Rien d'autre que cela pendant quelques minutes, un tableau calme de vie humaine.

Puis, derrière la mère, à une douzaine de pas, un haut rideau de feuillage, taillé droit, s'écarte doucement et, par mouvements insensibles, un homme sort de l'ombre, un homme, lui aussi, élégant et jeune.

Sa face est dure, ses mâchoires serrées. Il a un couteau à la main.

Il avance de trois ou quatre pas. La femme ne l'entend point, et la petite fille ne peut le voir. Il avance encore, avec des précautions infinies pour que le sable ne craque pas sous ses pieds et qu'aucune branche ne remue à son contact.

Il domine la femme. Son visage est effrayant de cruauté et de volonté inflexible. Celui de la femme est toujours souriant et heureux.

Le bras se lève lentement au-dessus de ce sourire et de cette joie de vivre. Puis il redescend avec la même lenteur, et c'est brusquement, d'un coup sec porté au bas de l'épaule gauche et vers le cœur, qu'il frappe.

Aucun bruit, sûrement. Un soupir, tout au plus, comme l'unique soupir qu'exhale, dans le silence effrayant, la foule de l'Enclos.

L'homme a retiré l'arme. Il écoute un instant, se penche sur le corps inerte qui s'est affaissé dans le fauteuil, tâte la main, puis recule à pas mesurés vers le rideau de feuillage qui se referme sur lui.

L'enfant n'a pas cessé de jouer. Il rit et il parle.

La vision s'évanouit.

Cette fois, deux hommes se promènent dans un chemin désert, le long duquel coule une mince rivière. Ils causent, sans entrain, ainsi que l'on cause de la pluie et du beau temps.

Comme ils reviennent sur leurs pas, nous nous

apercevons que celui des deux hommes que son compagnon nous cachait jusqu'ici, tient un revolver.

Tous deux s'arrêtent et continuent de parler tranquillement. Mais le visage de l'homme armé se décompose et prend cette même expression criminelle que nous avons vue chez le premier assassin. Et, soudain, le geste d'attaque, le coup de feu, l'autre qui tombe, et l'assassin qui se jette sur lui et lui arrache un portefeuille...

Il y eut encore quatre crimes, dont aucun n'eut pour auteur ou pour victime un personnage qui nous fût connu. C'étaient autant de faits divers, très courts, restreints à l'essentiel : la représentation paisible d'une scène de la vie quotidienne et l'explosion subite du meurtre dans son horreur et sa bestialité.

Le spectacle en était affreux, surtout à cause de l'expression de confiance et de sérénité que gardait la victime pendant que nous voyions, nous, se dresser au-dessus d'elle le fantôme de la Mort. L'attente du coup que nous ne pouvions pas détourner nous laissait haletants et terrifiés.

Et une dernière image d'homme nous apparut. Une exclamation sourde monta de l'amphithéâtre. C'était Noël Dorgeroux.

XVIII

LE CHATEAU DE PRÉ-BONY

L'exclamation de la foule me prouva qu'à la vue du grand vieillard, connu de tous par ses portraits et par l'affiche placardée aux portes de l'Enclos, la même pensée nous avait heurtés instantanément. Du premier coup, l'on comprenait. Après la série des visions criminelles, nous savions ce que signifiait la venue sur l'écran de Noël Dorgeroux, et vers quel inexorable dénouement tendait l'histoire que l'on commençait à nous raconter. Il y avait eu six victimes. Mon oncle serait la septième. Nous allions assister à sa mort et voir la face même de l'assassin!

Tout cela était combiné avec un art déconcertant, et une logique dont la rigueur implacable nous étreignait. Nous étions comme emprisonnés sur une route atrocement douloureuse qu'il nous fallait suivre jusqu'au bout, malgré l'assaut de sensations trop violentes. En toute sincérité, je me demande parfois si la série des visions miraculeuses aurait pu se prolonger beaucoup, tellement la tension nerveuse qu'elles exigeaient dépassait les forces humaines.

Des projections successives nous montrèrent plusieurs épisodes dont le premier remontait à une époque où certainement Noël Dorgeroux n'avait pas découvert le grand secret, puisque son fils vivait encore. C'était l'époque de la guerre. Dominique, en tenue de soldat, embrassait le vieux bonhomme qui pleurait et cherchait à le retenir, et, lorsque Dominique partit, Noël Dorgeroux le regarda s'éloigner avec toute la détresse d'un père qui ne doit plus revoir son fils.

Puis, le voilà de nouveau, toujours dans l'Enclos, lequel est encombré comme jadis de ses ateliers et de ses hangars. Bérangère va et vient, tout enfant. Elle a treize ou quatorze ans au plus.

On suit alors leur existence par des images qui nous révèlent avec quelle attention de chaque heure on épiait de *là-haut* les travaux de mon oncle Dorgeroux. Lui, il se courbe et vieillit. La petite grandit, ce qui ne l'empêche ni de jouer ni de courir.

Le jour où nous la voyons, telle que je la retrouvai, moi, l'été précédent, nous voyons en même temps Noël Dorgeroux debout sur une échelle et barbouillant le mur avec un long pinceau qu'il trempe dans un récipient. Il se recule, regarde, interroge le mur où la place de l'écran est marquée. Rien. Mais déjà cependant quelque chose d'indécis et de confus a dû palpiter au fond de la matière puisqu'il semble attendre et chercher...

Un déclenchement, et tout se transforme. L'amphithéâtre surgit, inachevé à certains endroits, comme il était le dimanche de mars où j'y découvris le cadavre de mon oncle. Le nouveau mur se dresse, surmonté de son portique. Mon oncle a découvert la cellule creusée dans le soubassement et il y a rangé des bidons.

Mais voici qu'au-delà de l'amphithéâtre, qui se rapetisse un instant, se dessinent les arbres des bois et les vallonnements de la prairie voisine, et voici qu'un homme arrive par là et se dirige vers le sentier qui borde la palissade. Pour moi je reconnais sa silhouette. C'est l'homme avec qui, une demi-heure plus tard, j'allais combattre dans le bois qu'il vient de traverser. C'est l'assassin. Il est enveloppé dans un cache-poussière dont le col relevé touche aux bords rabattus de son chapeau. Sa marche est inquiète. Il approche du réverbère, regarde autour de lui, grimpe lentement, et pénètre dans l'Enclos.

Il suit le chemin que je pris moi-même, après lui, ce jour-là, et il avance la tête comme je le fis.

Noël Dorgeroux se tient devant l'écran. Il a refermé la cellule et il inscrit des notes dans un carnet. La victime ne se défie de rien.

Alors l'homme enlève son vêtement et son chapeau. Il tourne la figure de notre côté. C'est Théodore Massignac.

La foule s'attendait tellement à ce que ce fût lui, qu'il n'y eut aucune surprise. D'ailleurs les visions de cette journée étaient d'une nature qui ne laissait aucune place aux pensées et aux impressions étrangères. Les conséquences que pouvait avoir la preuve publique de la culpabilité de Massignac ne nous apparaissaient pas. Nous ne vivions pas les minutes qui s'écoulaient *dans le présent*, mais celles qui s'écoulaient *dans le passé*, et jusqu'au dernier moment nous ne songeâmes qu'à savoir *si Noël Dorgeroux, que nous savions mort, allait être assassiné.*

La scène dura peu. En réalité mon oncle n'eut pas conscience une seconde du danger qui le menaçait, et, contrairement à ce que l'enquête avait établi, il n'y eut point cette lutte dont on avait cru retrouver les traces. Cette lutte se produisit *après*, quand mon oncle eut été frappé, et alors qu'il gisait à terre, sans mouvement. Elle eut lieu entre un assassin pris de rage stupide et le cadavre qu'il s'acharnait *à tuer de nouveau.*

Et en vérité ce fut ce geste de sauvagerie bestiale qui déchaîna les fureurs de la foule. Retenue jusque-là par une sorte d'espoir irraisonné, et figée dans son épouvante, elle fut, à la vue de l'ignoble besogne qui s'accomplissait sur l'écran, soulevée de colère et de haine contre le meurtrier vivant et visible dont l'existence lui semblait soudain la plus intolérable provocation. Il y eut en elle un sursaut de dégoût et un besoin de justice que n'arrêta aucune considération. Le revirement fut immédiat. Elle s'arracha brusquement à tout ce qui était souvenirs, évocations du passé, pour se précipiter dans la réalité du présent et prendre sa part de l'acte nécessaire. Et d'un élan unanime, dégringolant les gradins et affluant par toutes les issues, elle courut à l'assaut de la cage de fer où Massignac s'abritait.

Je ne pourrais pas dire exactement la façon dont les choses s'accomplirent. Massignac, ayant tenté de fuir dès le début de l'accusation, avait trouvé devant lui les douze agents de police, lesquels se tournèrent ensuite contre la foule lorsque celle-ci vint déferler contre les barreaux de la haute grille. Mais quelle résistance pouvaient-ils opposer, ces douze hommes? La grille s'abattit. Les agents furent débordés. Dans un éclair, j'aperçus Massignac qui s'arc-boutait contre le mur et qui braquait deux revolvers au bout de ses bras tendus. Plusieurs coups de feu retentirent. Parmi les agresseurs quelques-uns tombèrent. Alors Massignac profita de l'hésitation qui retenait les autres pour se baisser rapidement vers la batterie électrique pratiquée dans le soubassement. Il pressa l'un des boutons. Tout en haut du mur, le portique qui surplombait les deux pylônes s'ouvrit, et, comme une écluse, lâcha les flots d'un liquide bleuâtre dont les cascades bouillonnèrent sur toute la superficie de l'écran.

Je me souvins alors de la terrible prédiction de Massignac : « Si je meurs, c'est la mort du secret de Noël Dorgeroux, nous périrons ensemble. » Dans l'angoisse du péril, au fond même de l'abîme, il avait eu l'abominable pensée et le courage d'exécuter sa menace. L'œuvre de mon oncle était anéantie. Cependant je m'élançai, comme si j'eusse pu encore conjurer le désastre en sauvant le misérable. Mais la foule tenait sa proie et, de mains en mains, se la repassait comme une meute hurlante qui à coups de gueule déchire la bête forcée.

Je ne réussis à me frayer un chemin qu'avec l'aide de deux agents, et parce que le corps de Massignac avait fini par tomber dans la possession d'une bande d'assaillants moins furieux que la vue de ce moribond embarrassait. Ils se formèrent en groupe pour protéger son agonie, et l'un d'eux, même, dominant le tumulte, m'appela.

« Vite, vite, me dit-il, quand je l'eus rejoint... Il prononce votre nom. »

Au premier coup d'œil sur l'amas de chairs sanglantes qui gisait entre deux banquettes de fauteuils, je me rendis compte qu'il n'y avait plus rien à espérer, et que c'était miracle déjà que ce cadavre respirât encore. Pourtant il prononçait bien mon nom. J'en perçus les syllabes lorsque je me penchai au-dessus du visage méconnaissable, et je scandai nettement :

« C'est moi, Massignac, c'est Victorien Beaugrand. Qu'avez-vous à me dire ? »

Il parvint à soulever les paupières, me regarda d'un œil trouble qui se referma aussitôt, et balbutia :

« Une lettre... une lettre... cousue dans la doublure... »

Je palpai les lambeaux d'étoffe qui restaient de sa jaquette. Massignac avait eu raison de coudre la lettre, car tous les autres papiers avaient sauté de sa poche.

Tout de suite, sur l'enveloppe, je lus mon nom.

« Ouvrez... ouvrez... » dit-il dans un souffle.

J'ouvris. Il n'y avait que quelques lignes, jetées d'une grosse écriture à travers la feuille de papier, quelques lignes dont je ne pris le temps de lire que la première, laquelle était ainsi conçue :

Bérangère connaît la formule...

« Bérangère! m'écriai-je. Mais où est-elle? Vous savez où elle est? »

Aussitôt je compris l'imprudence que j'avais faite en disant ainsi à haute voix le nom de la jeune fille, et, m'inclinant davantage, j'approchai mon oreille pour recueillir les dernières paroles de Massignac.

Il répéta plusieurs fois : Bérangère... Bérangère... en s'efforçant d'émettre la réponse que je lui demandais et que sa mémoire lui refusait peut-être. Ses lèvres s'agitaient convulsivement, et il bredouilla des sons rauques qui étaient plutôt des râles, et où il me fut facile cependant de discerner ces mots :

« Bérangère... château... château de Pré-Bony... »

Quelle que soit la tension de notre esprit lorsqu'il se fixe sur une pensée qui l'absorbe tout entier, nous n'en demeurons pas moins soumis aux mille tentations qui nous assiègent. Ainsi, au moment même où je me relevais en répétant tout bas : « Château de Pré-Bony... de Pré-Bony... » l'impression confuse qu'un autre avait entendu l'adresse donnée par Massignac se formait en moi et prenait consistance. Bien plus, je m'apercevais, *après coup,* que, par la position qu'il occupait à mes côtés, cet autre homme avait pu lire, comme je l'avais lu, le début de la lettre de Théodore Massignac — cet autre homme dont le maquillage savant qui recouvrait sa figure tomba soudain devant mes yeux pour faire place à la face pâle du sieur Velmot.

Je regardai autour de moi : l'individu venait de se dégager de la masse des curieux qui nous emprisonnaient, et il filait à travers les groupes mouvants de la foule. J'appelai. Je criai son nom. J'entraînai des agents à sa poursuite. Il était trop tard.

Ainsi le sieur Velmot, l'ennemi implacable qui n'avait pas craint de torturer Massignac pour lui arracher la formule de mon oncle Dorgeroux, savait que Bérangère connaissait cette formule! Et il avait appris en même temps, ce que sans doute il ignorait, l'endroit où se cachait Bérangère.

Le château de Pré-Bony... Où se trouvait-il, ce château? Dans quel coin de la France Bérangère s'était-elle réfugiée après l'assassinat de son parrain Dorgeroux? Cela ne devait pas être fort éloigné de Paris, puisqu'elle m'avait demandé secours une fois, et que, l'avant-veille, elle était venue à l'Enclos. Mais, si peu loin que ce fût, comment y parvenir? A dix lieues à la ronde de Paris, il y a mille châteaux.

« Et cependant, me disais-je, le dénouement du drame est là, dans ce château. Tout est perdu, et tout peut être sauvé, mais il faut que j'arrive là-bas. Et il faut que j'y arrive cette nuit, ou dès l'aurore, sinon Velmot sera maître de Bérangère.

Toute la soirée, je me renseignai. Je consultai des atlas, des annuaires, des cartes. J'interrogeai, je téléphonai. Personne ne put me fournir la moindre indication sur le château de Pré-Bony.

Ce n'est qu'au matin, après une nuit d'agitation, qu'un examen plus méthodique des événements me donna l'idée de commencer mes recherches par la région même où je savais que Bérangère avait séjourné. Je me procurai une automobile et me fis conduire dans la direction de Bougival.

Je n'avais pas grand espoir. Mais la crainte que Velmot ne découvrît avant moi la retraite de Bérangère me brûlait d'une telle souffrance que je ne cessais de me répéter :

« C'est cela... je suis dans la bonne voie... il est certain que je retrouverai Bérangère, et que le bandit ne touchera pas à un seul de ses cheveux. »

Mon amour pour la jeune fille se délivrait subitement de tous les doutes et de tous les soupçons qui l'avaient empoisonné. Au reste, je ne me souciais pas de ces détails, et ne m'embarrassais pas plus à expliquer sa conduite qu'à établir contre elle ou en sa faveur la moindre preuve. Si son baiser n'eût pas déjà effacé en moi tout mauvais souvenir, le péril qu'elle courait me rendait toute ma foi et toute ma tendresse.

Mes premières investigations à Ville-d'Avray, à Marnes et à Vaucresson, ne m'apprirent rien. Le château de Pré-Bony y était inconnu. A La Celle-Saint-Cloud, nouvel échec. Mais là, dans une auberge, je crus retrouver, par le hasard d'une question fortuite, les traces du sieur Velmot — un grand monsieur pâle, me fût-il répondu, qui passait souvent en auto, sur la route de Bougival, et que, le matin même, au lever du jour, on avait vu rôder en dehors du village.

Je précisais mes questions : c'était bien Velmot. Il avait quatre heures d'avance sur moi. *Et il savait où aller, lui! Et il aimait Bérangère!* Quatre heures d'avance, pour un bandit de sa force et de son audace, qui jouait son va-tout sur ce dernier coup de dés! Qui l'arrêterait? Quels scrupules? S'emparer de Bérangère, la tenir en son pouvoir, la contraindre à parler, tout cela n'était plus qu'un jeu facile maintenant. *Et il aimait Bérangère!*

Je me rappelle avoir frappé sur la table de l'auberge en m'écriant avec colère :

« Non, non, ce n'est pas possible!... le château

dont je parle est bien de ce côté!... Il faut qu'on m'indique la route! »

Désormais, je n'avais plus une seule hésitation. D'une part, je ne m'étais pas trompé en venant dans cette région. D'autre part, je savais que Velmot, ayant entendu la communication de Massignac et connaissant le pays pour y avoir habité, avait commencé sa campagne dès l'aurore.

On s'attroupait devant l'auberge. Avec une fièvre croissante, je posais des questions qui demeuraient sans réponse. Enfin quelqu'un me parla d'un carrefour désigné quelquefois sous ce nom de Pré-Bony, et situé dans les bois de Saint-Cucufa, à trois ou quatre kilomètres de distance. Une des routes qui rayonnaient de là conduisait à une maison neuve d'assez modeste apparence, où habitait un jeune ménage, le comte et la comtesse de Roncherolles.

J'eus vraiment l'impression que ma volonté avait suscité cet événement favorable, et pour ainsi dire créé de toutes pièces, et à ma portée, ce château inconnu qu'il me fallait atteindre à l'instant même.

Je m'y rendis en hâte. Au moment où je traversais le jardin, un jeune homme descendait de cheval, devant le perron.

« C'est bien ici le château de Pré-Bony? » lui demandai-je.

Il remit les rênes de son cheval à un palefrenier, et me répondit en souriant :

« C'est du moins ainsi qu'on l'appelle un peu pompeusement à Bougival.

— Oh! murmurai-je, confondu par cette nouvelle inespérée, c'est ici... et j'arrive à temps. »

Le jeune homme se présenta. C'était le comte de Roncherolles.

« Puis-je savoir, me demanda-t-il, à qui j'ai l'honneur?...

— Victorien Beaugrand, » répliquai-je.

Et, sans aucun préambule, m'en rapportant à la physionomie de cet homme, qui était ouverte et sympathique, je lui dis :

« Il s'agit de Bérangère. Elle est dans ce château, n'est-ce pas ? Elle y a trouvé un asile ? »

Le comte de Roncherolles rougit légèrement, et il m'observa avec attention. Je lui saisis la main.

« Je vous en prie, monsieur, la situation est grave, Bérangère est poursuivie par un homme extrêmement dangereux...

— Qui donc ?

— Velmot.

— Velmot ? »

Le comte ne dissimula pas davantage et il répéta :

« Velmot ! Velmot ! l'ennemi dont elle a horreur !... En effet, tout est à craindre de celui-ci. Heureusement il ignore sa retraite !

— Il la connaît depuis hier, m'écriai-je.

— Soit, mais il lui faut le temps de se préparer, de combiner son coup.

— Ce matin, on l'a vu non loin d'ici, des gens du village. »

Je commençai à le mettre au courant. Il n'attendit pas que j'eusse achevé. Aussi inquiet que moi, il m'entraîna vers un pavillon isolé que Bérangère occupait.

Il frappa. On ne répondit pas. Cependant la porte du pavillon était ouverte. Il entra et monta dans la chambre de la jeune fille. Bérangère n'était pas là.

Le comte ne parut pas trop surpris.

« Elle sort souvent de bonne heure, dit-il.

— Peut-être se trouve-t-elle dans la maison même ? insinuai-je.

— Avec ma femme ? Non, ma femme, un peu souffrante, n'est pas encore levée.

— Alors?

— Alors je suppose qu'elle aura fait sa promenade habituelle aux ruines de l'ancien château. Elle aime cet endroit qui domine Bougival et tout le fleuve.

— Est-ce loin?

— Non, à l'extrémité du parc. »

Tout de même, le parc s'étendait sur une assez grande profondeur, et il nous fallut quatre ou cinq minutes de course avant de parvenir à un rond-point, d'où l'on apercevait, juchés en haut d'une crête, parmi des éboulements de pierres, quelques pans du mur.

« Tenez, dit le comte, Bérangère est venue jusqu'à ce banc. Elle y a laissé le livre qu'elle lisait.

— Et une écharpe aussi, affirmai-je anxieusement... regardez... une écharpe froissée... Et puis l'herbe de ce rond-point porte des marques de piétinement... Mon Dieu, pourvu qu'il ne lui soit rien arrivé, à la pauvre enfant! »

Je n'avais pas achevé ces mots que nous entendîmes des cris du côté des ruines... Cris d'appel ou de douleur, nous n'aurions pas pu le dire. Nous nous élançâmes aussitôt sur l'étroit sentier qui escaladait la colline en coupant les lacets du chemin forestier. Comme nous étions à moitié route, les cris recommencèrent, et soudain une silhouette de femme jaillit d'entre les pierres écroulées de l'ancien château.

« Bérangère! » appelai-je en redoublant de vitesse.

Elle ne me vit point. Elle fuyait comme une personne poursuivie, tout en profitant des abris que pouvaient offrir les ruines.

De fait un homme apparut, le revolver au poing, la cherchant et la menaçant.

« C'est lui! balbutiai-je... c'est Velmot! »

L'un après l'autre ils étaient rentrés dans l'amas

des ruines dont une quarantaine de mètres nous séparaient tout au plus. Nous les franchîmes en quelques secondes et, le premier, je me précipitai vers l'endroit par où Bérangère s'était glissée.

Comme j'y arrivais un coup de feu retentit à quelque distance, et des gémissements s'élevèrent. Malgré mes efforts, je ne pouvais plus avancer, le passage étant encombré de ronces et de rameaux de lierre. Mon compagnon et moi, nous nous acharnions désespérément contre les branches qui nous écorchaient la figure. Enfin, nous débouchâmes sur un vaste terre-plein, où, tout d'abord, nous ne vîmes rien parmi l'herbe haute et les rochers moussus. Cependant ce coup de feu que nous avions entendu?... ces plaintes toutes proches?...

Soudain le comte, qui cherchait un peu plus loin que moi, s'exclama :

« La voilà... Bérangère!... Vous êtes blessée? »

Je bondis jusqu'à lui. Bérangère était étendue dans un fouillis de plantes et de feuilles.

Elle était si pâle que je ne doutai point qu'elle ne fût morte, et j'eus cette idée très nette que je ne pourrais pas lui survivre. J'achevai ma pensée en disant à haute voix :

« Je la vengerai d'abord. Le meurtrier mourra de ma main, je le jure. »

Mais le comte affirma, après un instant d'examen :

« Elle n'est pas morte, elle respire. »

Et je la vis qui ouvrait les yeux.

Je me jetai à genoux devant elle, et, soulevant entre mes mains sa jolie tête douloureuse, je lui dis :

« Où es-tu blessée, Bérangère? Réponds, ma chérie. »

Elle murmura :

« Je n'ai aucune blessure... C'est la fatigue, l'émotion... »

J'insistai.

« Pourtant, il a tiré sur toi...

— Non, non... dit-elle... c'est moi qui ai tiré.

— Est-ce possible! c'est toi qui as tiré?

— Oui, avec son revolver...

— Mais tu l'as manqué. Il a pris la fuite...

— Je ne l'ai pas manqué. Je l'ai vu qui tombait... là tout près... au bord du ravin. »

Ce ravin était une coupure profonde du sol qui se creusait à notre droite. Le comte se dirigea vers l'emplacement désigné et m'appela.

Quand je fus près de lui, il me montra le corps d'un homme qui gisait en contrebas, la face couverte de sang. Je m'approchai et reconnus Velmot. Il était mort.

XIX

LA FORMULE

VELMOT mort, Bérangère vivante... Quelle joie je ressentis! Quelle sécurité soudaine! Cette fois la mauvaise aventure était finie, puisque celle que j'aimais n'avait plus rien à craindre. Et aussitôt ma pensée remonta vers Noël Dorgeroux : la formule qui résumait le grand secret était sauvegardée. Avec les indications et les éléments d'action que l'on possédait par ailleurs, l'humanité se trouvait maintenant en état de continuer l'œuvre de mon oncle.

Bérangère m'appela :

« *Il* est mort, n'est-ce pas ? »

J'eus l'intuition que je ne devais pas lui dire une vérité trop lourde à porter pour elle, et qu'elle redoutait, et je déclarai :

« Mais non... nous ne l'avons pas vu... il se sera échappé... »

Ma réponse parut la soulager, et elle murmura :

« En tout cas, il est blessé... je suis sûre de l'avoir atteint.

— Repose-toi, lui dis-je, et ne te tourmente plus de rien, ma chérie. »

Elle m'obéit, et elle était si lasse qu'elle ne tarda pas à s'endormir.

Avant de la ramener, le comte et moi nous retournâmes auprès du cadavre et le fîmes glisser sur la pente du ravin que nous suivîmes jusqu'au mur qui entourait le domaine. Comme il y avait une brèche en cet endroit, le comte affirmait que Velmot n'avait pu entrer que par là. En effet, un peu plus loin, au débouché d'une route forestière isolée, nous découvrîmes son automobile. Le corps y fut placé, le revolver déposé sur la banquette, et la voiture conduite à un kilomètre de distance et abandonnée au seuil d'une clairière. Nous n'avions rencontré personne. Nul doute qu'on ne crût à un suicide.

Une heure plus tard, Bérangère de retour au château, étendue sur son lit, me donnait sa main que je couvris de baisers. Nous étions seuls, sans plus d'ennemis autour de nous. Aucune figure hideuse ne rôdait dans les ténèbres. Personne ne pouvait plus s'opposer à notre juste bonheur.

« Le cauchemar a passé, lui disais-je. Il n'y a plus

d'obstacle entre nous. Tu ne chercheras plus à t'enfuir, n'est-ce pas? »

Je la regardais avec une émotion ou persistait beaucoup d'inquiétude. La chère petite demeurait encore pour moi pleine de mystère et d'inconnu, et bien des secrets se cachaient dans l'ombre de cette âme où je n'avais jamais pénétré. Je le lui dis. A son tour elle me regarda longtemps, de ses yeux las et brillants de fièvre, si différents des yeux insouciants et rieurs que j'avais aimés autrefois, et elle murmura :

« Des secrets? Beaucoup de secrets? Non. Il n'y en a qu'un en moi, et c'est celui-là qui est la cause de tout.

— Peux-tu me le confier, Bérangère?

— Je vous aime. »

Je frissonnai de joie. Cet amour, j'en avais eu souvent l'intuition profonde, mais entravée par tant de défiance, de soupçons et de rancune! Et voilà que Bérangère m'en faisait l'aveu, gravement et loyalement...

« Tu m'aimes... Tu m'aimes... Pourquoi ne me l'as-tu pas dit plus tôt? Que de malheurs auraient été évités! Pourquoi ne me l'as-tu pas dit?

— Je ne le pouvais pas.

— Et tu le peux maintenant, parce qu'il n'y a plus d'obstacle entre nous?

— Il y a entre nous toujours le même obstacle.

— Lequel?

— Il y a mon père. »

Je prononçai à voix basse :

« Tu sais que Théodore Massignac est mort?

— Je le sais.

— En ce cas...

— Je suis la fille de Théodore Massignac. »

Je m'écriai vivement :

« Bérangère, il est une chose que je désire te révéler, et j'affirme d'avance... »

Elle m'interrompit.

« N'en dites pas davantage, je vous en supplie. Il y a *cela* qui nous sépare. C'est un abîme qu'il ne faut pas espérer combler avec des mots. »

Elle semblait si épuisée que je voulus la quitter. Elle m'en empêcha.

« Non, dit-elle. Je ne serai pas malade... quelques jours, tout au plus. Auparavant, je veux que tout soit très clair entre nous, et que vous n'ignoriez pas un seul de mes actes. Ecoutez-moi...

— Demain, Bérangère.

— Aujourd'hui, ordonna-t-elle. J'ai besoin de me confier à vous tout de suite. Rien ne peut me donner plus de calme. Ecoutez-moi. »

Il n'était pas nécessaire qu'elle me priât longtemps. Comment me serais-je lassé de la contempler et de l'entendre? De telles épreuves nous avaient assaillis quand nous étions loin l'un de l'autre, que je craignais, malgré tout, de n'être plus auprès d'elle!

Elle passa son bras autour de mon cou, ses jolies lèvres frémissaient sous mes yeux. Voyant que mon regard s'y posait, elle sourit.

« Vous vous rappelez, dans l'Enclos... la première fois... De ce jour-là je vous ai détesté... et adoré. J'étais votre ennemie... et votre esclave... Oui, toute ma nature indépendante, un peu farouche, se révoltait de ne pouvoir s'affranchir d'un souvenir qui me faisait tant de mal... et tant de bien!... J'étais domptée. Je vous fuyais. Je revenais à vous... et j'y serais revenue tout à fait, si cet homme... cet homme que vous savez, ne m'avait pas abordée un matin...

— Velmot! Que venait-il faire? Que voulait-il?

— Il venait de la part de mon père. Ce qu'il voulait — je m'en suis aperçue peu à peu — c'était pénétrer grâce à moi dans la vie de Noël Dorgeroux et lui voler le secret de son invention. Dès la première minute, Velmot m'avait demandé de me taire. Plus tard, il me l'ordonna.

— Il ne fallait pas obéir.

— A la moindre indiscrétion de ma part, il vous eût tué. Je vous aimais. J'ai eu peur, et j'avais d'autant plus peur que Velmot me poursuivait d'un amour que ma haine exaspérait. Comment douter que sa menace ne fût sérieuse? Dès lors, j'étais prise dans l'engrenage. De mensonge en mensonge, je devenais sa complice... ou plutôt leur complice, puisque mon père vint le rejoindre au cours de l'hiver. Ah! quelle torture! Cet homme qui m'aimait... et ce père indigne... J'ai vécu dans l'horreur et dans la honte... espérant toujours qu'ils se lasseraient, puisque toutes leurs machinations n'aboutissaient à rien...

— Et mes lettres de Grenoble? Et les craintes de mon oncle?

— Oui, je sais, votre oncle m'en parlait souvent et, sans lui révéler le complot, moi-même je le mettais en garde. C'est sur ma demande qu'il vous a envoyé ce rapport qui fut dérobé. Seulement, je n'ai jamais prévu le crime. Le vol, oui, et malgré ma surveillance, je voyais bien que je n'étais pas de force, que mon père, la nuit, pénétrait au Logis, qu'il disposait de moyens que j'ignorais. Mais de là au crime! à l'assassinat!... Non, non, une fille ne peut croire à cela.

— Alors, le dimanche, quand Velmot est venu te chercher au Logis, en l'absence de Noël Dorgeroux?

— Ce dimanche-là, il m'a dit que mon père, renonçant à son projet, voulait me faire ses adieux, et qu'il m'attendait près de la chapelle du cimetière abandonné, où tous les deux ils avaient tenté des expériences avec les fragments de l'ancien mur de l'Enclos. Justement Velmot profita de sa visite au Logis pour dérober un des flacons bleus qui servaient à mon oncle. Lorsque je m'en aperçus, il avait déjà versé une partie du liquide sur l'écran improvisé de la chapelle. Je pus saisir le flacon et le jeter dans le puits. A ce moment même, vous m'appeliez. Velmot se rua sur moi et m'emporta jusqu'à son automobile où, après m'avoir étourdie d'un coup de poing et attachée, il me dissimula sous un grand manteau. Je me réveillai de mon évanouissement dans le garage du quartier des Batignolles. C'était le soir. Je pus manœuvrer la voiture, l'approcher d'un vasistas qui ouvrait sur la rue, et sauter. Un monsieur et une dame qui passaient me relevèrent, car je m'étais démis le pied en tombant. Ils m'emmenèrent ici, chez eux. Le lendemain, par les journaux j'apprenais l'assassinat de Noël Dorgeroux. »

Bérangère se cacha la figure entre les mains.

« Ce que j'ai souffert! Cette mort, n'en étais-je pas responsable? Je me serais dénoncée, si M. et Mme de Roncherolles, qui furent pour moi les amis les meilleurs, ne me l'avaient interdit. Me dénoncer, c'était perdre mon père, et, par là, anéantir le secret de Noël Dorgeroux. Cette dernière considération me décida. Il fallait réparer le mal que j'avais fait involontairement et lutter contre ceux que j'avais servis. Dès que je fus rétablie, je me mis à l'œuvre. Connaissant l'existence des instructions écrites par Noël Dorgeroux derrière un portrait de d'Alembert, je me fis conduire au Logis, la veille, ou plutôt le matin, de l'inauguration. J'avais alors l'intention de vous voir et de tout vous confier.

Mais il se trouva que la porte de service était ouverte et que je pus monter sans éveiller l'attention de personne. C'est alors, dans la chambre de parrain, que vous m'avez surprise.

— Mais pourquoi t'enfuir, Bérangère?

— Vous aviez le document, cela suffisait.

— Non, tu devais rester, t'expliquer...

— Alors, il ne fallait pas me parler d'amour, dit-elle. On n'aime pas la fille de Massignac.

— De sorte que, ma pauvre chérie, lui dis-je en souriant, de sorte que Massignac, qui se trouvait justement dans la maison, dont il avait une clef, et qui entendit notre conversation, me reprit le document, et, par ta faute, resta le maître du secret... Sans compter que tu me laissais en face d'un rude adversaire. »

Elle hocha la tête.

« Vous n'aviez rien à craindre de mon père. Le danger pour vous venait de Velmot, et celui-là je le surveillais.

— Comment?

— J'avais accepté l'hospitalité au château de Pré-Bony parce que mon père et Velmot, je le savais, habitaient l'autre hiver dans cette région. De fait, un jour, je reconnus l'automobile de Velmot qui descendait la côte de Bougival. Après quelques recherches je découvris le hangar où il remisait son auto. Or, le soir du 15 mai, j'étais postée de ce côté quand il rentra en compagnie de deux hommes. D'après quelques phrases, je compris qu'ils avaient enlevé mon père à la fin de la représentation, qu'ils l'avaient transporté dans une île voisine qui servait de retraite à Velmot, et que, le lendemain, celui-ci devait le contraindre par tous les moyens à parler. Que faire? Livrer Velmot à la justice, c'était fournir contre mon père des preuves irrécusables. D'autre part, mes amis Roncherolles étaient absents de Pré-Bony. Avide de secours, je courus à l'Auberge-Bleue et vous donnai rendez-vous par téléphone.

— Rendez-vous auquel je suis venu dans la nuit, Bérangère.

— Vous êtes venu cette nuit-là? demanda-t-elle avec surprise.

— Mon Dieu oui, et, à la porte de l'auberge, envoyé par toi, m'attendait un gamin qui m'a conduit dans l'île, puis dans la maison de Velmot, puis dans une chambre où ledit Velmot m'a enfermé, et où j'ai assisté, le lendemain, au supplice puis à l'enlèvement de Théodore Massignac. Bérangère, ma chérie, tu n'es pas très habile. »

Elle semblait stupéfaite, et elle prononça :

« Je ne vous ai pas envoyé de gamin. Je n'ai pas quitté l'Auberge-Bleue, et je vous ai attendu toute la nuit et toute la matinée. Nous avons été trahis, mais par qui?

— Mystère! lui dis-je en riant. Velmot avait sans doute quelque accointance dans cette auberge. On l'aura mis au courant de ton coup de téléphone, et il aura dépêché, pour me cueillir au passage, ce gamin qui lui est tout dévoué.

— Mais pourquoi vous tendre un piège, à vous, et non pas à moi?

— Il réservait peut-être ta capture pour le lendemain. Il me redoutait peut-être plus que toi, et voulait profiter de ton appel pour me tenir sous clef jusqu'à ce que Massignac eût parlé. Enfin il a dû obéir à des raisons, se soumettre à des nécessités que nous ne connaîtrons jamais, et qui n'ont d'ailleurs aucune importance. Toujours est-il, Bérangère, que, le jour suivant?...

— Le jour suivant, reprit-elle, je réussis à trouver une barque, et le soir à ramer autour de l'île jusqu'à l'endroit où mon père agonisait. J'ai pu le sauver. »

A mon tour j'étais confondu.

« Comment, c'est toi qui l'as sauvé? Tu as pu aborder, attendre Velmot dans l'ombre, le frapper au moment où il se retournait vers moi?... c'est toi qui l'as arrêté au passage? Et c'est toi qui as délivré Massignac?... »

Je saisis sa petite main d'enfant et l'embrassai avec émotion. La chère créature! Elle aussi, pour défendre le secret de Noël Dorgeroux, elle avait tout fait, et avec quel courage, quelle audace indomptable! risquant vingt fois la mort, et ne reculant même pas, à l'heure du grand péril, devant l'acte terrible de frapper!

« Tu me raconteras cela en détail, Bérangère. Continue... Ton père, où l'as-tu conduit?

— Sur la berge, et, de là, dans une voiture de maraîcher, jusqu'au château de Pré-Bony, où je l'ai soigné.

— Et Velmot? »

Elle eut un frisson.

« Je ne l'ai pas revu durant des jours et des jours. Je ne l'ai revu que ce matin. Je lisais sur le banc. Il s'est dressé. J'ai voulu fuir. Il m'en a empêché et m'a dit :

« — Votre père est mort. Je viens de sa part.
« Ecoutez-moi. »

« Je me défiais de lui, mais il a ajouté aussitôt :

« — Je vous jure que je viens de sa part, et la
« preuve c'est qu'avant de mourir, il m'a confié que
« vous connaissiez la formule. Il vous l'a révélée
« pendant sa maladie. »

« C'était vrai. Tandis que je soignais mon père... tenez, dans ce pavillon même... un jour il m'a dit :

« — Je ne sais trop ce qui arrivera, Bérangère. Il

« se peut que, par vengeance, je détruise l'écran de « Meudon. J'aurais tort. En tout cas, je veux annu- « ler d'avance cet acte de folie. »

« Il m'a donc fait apprendre la formule par cœur. Et cela, personne ne pouvait le savoir que mon père et moi, puisque j'étais seule avec lui et que j'ai gardé le secret. Velmot, par conséquent, disait la vérité. Je lui demandai :

« — Et alors?

« — Sa volonté suprême est que vous me donniez « cette formule.

« — Jamais! m'écriai-je. Vous mentez. Mon père « m'a fait jurer de ne jamais la révéler, quoi qu'il « arrive, qu'à une seule personne au monde. »

« Il haussa les épaules.

« — A Victorien Beaugrand, n'est-ce pas?

« — Oui.

« — Victorien Beaugrand a entendu les dernières « paroles de Massignac. Et il est d'accord avec moi « ou, tout au moins, sur le point de se mettre d'ac- « cord.

« — Impossible!

« — Demandez-le-lui. Il est là-haut, dans les « ruines. »

« Et comme je le regardais avec inquiétude, il ajouta en riant :

« — Mon Dieu, oui, dans les ruines, attaché au « pied d'un arbre. Sa vie dépend de vous. Je vous « l'offre contre la formule. Sinon, la mort pour « lui. »

« Je ne devinai pas le piège. Je partis comme une folle dans la direction des ruines. C'est ce que Velmot voulait. Les ruines, c'était l'endroit désert, favorable à l'attaque. Elle eut lieu tout de suite, sans qu'il essayât même de dissimuler son mensonge.

« — Tombée dans le panneau, la petite, s'écria-t-il, « en me renversant à terre. Ah! je savais bien que « tu viendrais! Pense donc, il s'agit de ton amou- « reux... de celui que tu aimes... Car tu l'aimes, « n'est-ce pas? »

« Il est évident que son but était de m'arracher le secret par les menaces, par les coups... Mais il se passa ceci, que sa rage contre vous, et que ma révolte, ma haine, lui firent perdre la tête. Avant tout il voulut se venger... Il me tenait dans ses bras... Oh! le misérable! »

Elle cacha de nouveau son visage entre ses mains. La fièvre l'agitait, et je l'entendis qui balbutiait :

« Le misérable!... Comment ai-je pu lui échapper? J'étais épuisée... Pourtant j'ai réussi à le mordre cruellement et à me dégager. Il m'a poursuivie, le revolver au poing. Mais, au moment de me rejoindre, il est tombé en lâchant son arme que j'ai ramassée aussitôt. Quand il est revenu sur moi, j'ai tiré... »

Elle se tut. Ce récit pénible l'avait épuisée. Son visage gardait une expression d'égarement et de frayeur. Je lui dis :

« Ma pauvre Bérangère, je suis coupable envers toi. Trop souvent je t'ai accusée en moi-même, et je n'ai pas deviné l'admirable et vaillante femme que tu étais.

— Vous ne pouviez pas me comprendre.

— Pourquoi? »

Elle murmura douloureusement :

« Je suis la fille de Massignac.

— Tais-toi, m'écriai-je, tu es celle qui s'est toujours sacrifiée et toujours exposée. Et tu es aussi celle que j'aime, Bérangère, et qui m'a livré toute sa vie et toute son âme dans un baiser. Rappelle-toi, Bérangère... l'autre après-midi, à l'Enclos, quand je t'ai retrouvée, et que le spectacle de toutes ces visions d'amour t'a jetée dans mes bras...

— Je n'ai rien oublié, dit-elle, et je n'oublierai jamais.

— Alors... tu consens?... »

Une fois de plus elle répéta :

« Je suis la fille de Massignac.

— C'est la seule raison de ton refus?

— Comment pouvez-vous en douter? »

Je laissai passer un moment, et lui dis :

« De sorte que si le destin avait voulu que tu ne fusses pas la fille de Massignac, tu aurais consenti à devenir ma femme?

— Oui », affirma-t-elle gravement.

L'heure était venue de parler, et combien j'étais heureux de pouvoir le faire! Je repris ma phrase :

« Si le destin avait voulu que tu ne fusses pas la fille de Massignac... Bérangère, ne t'es-tu jamais demandé comment il se pouvait qu'il y eût si peu d'affection entre Massignac et toi, et, au contraire, tant d'indifférence? Quand tu étais jeune, l'idée de retourner auprès de lui et de vivre avec lui te bouleversait. Toute ta vie était dans l'Enclos. Toute ta tendresse allait vers Noël Dorgeroux. Ne penses-tu pas tout de même qu'on a le droit d'interpréter tes sentiments et tes instincts de petite fille dans un sens particulier? »

Elle me regarda avec étonnement et me dit :

« Je ne comprends pas.

— Tu ne comprends pas, parce que tu n'as jamais réfléchi à ces choses-là. Par exemple, est-il naturel que la mort de celui que tu appelais ton père te cause une telle impression de délivrance? »

Elle me regarda, stupéfaite.

« Pourquoi dites-vous : « Celui que j'appelais mon « père? »

— Ma foi, fis-je en souriant, parce que je n'ai jamais vu ton acte de naissance. Or, n'ayant aucune preuve d'un fait qui me semble extraordinaire...

— Mais, prononça-t-elle d'une voix altérée, vous n'avez pas non plus la moindre preuve qu'il n'en soit pas ainsi...

— Peut-être, répondis-je, peut-être ai-je cette preuve...

— Oh! fit-elle, ce serait terrible de me dire cela, et de ne pas me mettre maintenant en face d'une certitude.

— Connais-tu l'écriture de Massignac? »

Je sortis de ma poche une lettre que je lui tendis.

« Lis, ma chérie. C'est une lettre que Massignac m'a écrite, et qu'il m'a donnée au moment de mourir. Je n'en ai lu d'abord que les premiers mots et je me suis mis aussitôt à te rechercher. Lis-la, Bérangère, et ne doute pas. C'est le témoignage d'un homme qui est mort. »

Elle prit le papier et elle lut, à haute voix :

Bérangère connaît la formule, et ne doit la communiquer qu'à vous seul, Victorien. Vous l'épouserez, n'est-ce pas? Elle n'est pas ma fille; mais la fille de Noël Dorgeroux. Elle est née cinq mois après mon mariage, comme vous pourrez vous en assurer par les actes de l'état civil. Pardonnez-moi tous les deux et priez pour moi.

Un long silence suivit. Bérangère pleurait de joie. Sa vie s'éclairait. Le poids effroyable qui la tenait courbée sous la honte et le désespoir ne pesait plus sur ses épaules. Elle pouvait enfin respirer, et tenir la tête haute, et regarder droit devant elle, et prendre sa part de bonheur et d'amour... Elle chuchota :

« Est-ce possible! la fille de Noël Dorgeroux... Est-ce possible!

— C'est possible et c'est certain. Depuis sa lutte affreuse avec Velmot, et depuis les soins que tu lui avais donnés, après l'avoir sauvé, Massignac se repentait. Pensant au jour où il succomberait, il a voulu racheter en partie ses crimes, et il a écrit cette lettre... qui, évidemment, n'a aucune valeur au point de vue légal, mais que, tous deux, nous accepterons comme la vérité. Tu es la fille de Noël Dorgeroux, Bérangère, de celui que tu as toujours aimé comme un père... et qui voulait notre mariage. A celui-là, désobéiras-tu, Bérangère? Ne crois-tu pas que notre devoir, c'est de nous associer et d'achever ensemble son entreprise? Tu connais la formule indispensable. En la rendant publique, nous assurons à jamais l'œuvre admirable de Noël Dorgeroux. Le veux-tu, Bérangère? »

Elle ne répondit pas sur-le-champ, et, comme j'essayais encore de la convaincre, je m'aperçus qu'elle m'écoutait avec une expression distraite, où je m'étonnais de trouver une certaine inquiétude.

« Qu'est-ce que tu as, ma chérie? Tu acceptes, n'est-ce pas?

— Oui, oui, dit-elle, mais, avant tout, il faut que je fasse appel à ma mémoire. Pensez donc! comme c'est imprudent de ne pas avoir inscrit cette formule! Certes, je la sais par cœur. Mais, tout de même... »

Elle réfléchit longtemps. Sa figure se crispait, ses lèvres s'agitaient. Soudain elle me dit :

« Une feuille de papier... de quoi écrire... vite... »

Je lui donnai un bloc-notes et un crayon.

Rapidement, d'une main qui tremblait, elle traça quelques chiffres. Puis elle s'arrêta et me regarda avec des yeux pleins d'angoisse.

J'avais compris son effort et je la calmai :

« Ne cherche pas... tu la chercheras plus tard...

Aujourd'hui tu as besoin de repos. Dors, ma chérie.

— Il faut que je trouve... à tout prix, il le faut.

— Tu trouveras. C'est la fatigue, la surexcitation. Repose-toi. »

Elle m'obéit, et finit par s'endormir. Mais une heure après, elle se réveilla, prit nerveusement la feuille de papier, et, au bout d'un instant, bégaya :

« C'est atroce! Mon cerveau ne veut pas... Ah! cela me fait mal!... »

La nuit se passa de la sorte, en vaines tentatives. La fièvre augmenta. Le jour suivant elle eut le délire, et elle bégayait des lettres et des chiffres qui n'étaient jamais les mêmes.

Durant une semaine, on craignit pour sa vie. Elle souffrait horriblement de la tête et s'épuisait à tracer des lignes sur son drap.

Quand la convalescence arriva et qu'elle eut repris toute sa conscience, ce fut un sujet dont nous évitâmes de parler pendant quelque temps. Mais je sentais qu'elle ne cessait point d'y penser, et qu'elle continuait à chercher. Enfin un jour elle me dit, avec des larmes aux yeux :

« Je n'espère plus, mon ami. Cent fois je m'étais répété cette formule après l'avoir apprise, et j'étais sûre de ma mémoire. Mais aucun souvenir ne m'en reste. Il me semble qu'on m'a arraché quelque chose du cerveau. Cela a dû se passer quand Velmot me serrait à la gorge. La nuit s'est faite en moi subitement. Je sais aujourd'hui que je ne me souviendrai jamais. »

Elle ne s'est pas souvenue. L'Enclos n'a pas repris ses séances. Les visions miraculeuses n'ont pas reparu.

Et pourtant quelles recherches n'a-t-on pas poursuivies! Que de sociétés se sont formées, qui ont tenté l'exploitation du secret perdu! Vainement.

L'écran est demeuré inerte et vide, comme l'œil d'un aveugle.

C'eût été pour Bérangère et pour moi une peine sans cesse renouvelée, si l'amour ne nous avait pas apporté sur toutes choses l'apaisement et la consolation. La justice — assez complaisante, je crois, en l'occasion — ne retrouva jamais les traces de celle qui portait le nom de Massignac. Envoyé en mission dans les pays d'Orient, je la fis venir, et elle devint ma compagne aimée jusqu'au jour où il nous fut possible de régulariser notre mariage sans attirer l'attention.

Bien souvent, nous parlons du grand secret de Noël Dorgeroux, et, si quelque tristesse voile les beaux yeux de Bérangère :

« Certes, lui dis-je, le secret perdu était merveilleux. Rien ne fut plus émouvant que les visions de Meudon, et celles que nous avions le droit d'escompter nous auraient ouvert des horizons que nous ne pouvons imaginer. La connaissance du passé et de l'avenir est-elle une condition de bonheur pour l'humanité? N'est-ce pas au contraire la loi même de notre équilibre que nous soyons obligés de vivre dans les bornes étroites du présent, et de n'apercevoir, devant nous ou derrière nous, que des lueurs mal éteintes ou des lueurs qui s'allument? Notre savoir est proportionné à nos forces, et il n'est pas bon d'apprendre et de déchiffrer trop vite des vérités auxquelles nous n'avons pas eu le temps de nous adapter, et des énigmes que nous n'avons pas encore mérité de connaître. »

Benjamin Prévotelle, lui, ne cacha pas ses regrets. J'entretiens avec ce grand savant, dont les travaux ont consacré la renommée précoce, une correspondance suivie où je devine, à chaque lettre écrite par lui, sa demande anxieuse : « Se souvient-elle? Pouvons-nous espérer? » Hélas! mes réponses ne lui laissent aucune illusion : « Bérangère ne se souvient de rien. N'espérez pas. »

Il se console en menant une rude bataille contre ceux qui dénient encore toute valeur à son hypothèse, et il faut avouer que, depuis la destruction de l'écran et l'impossibilité de soutenir cette hypothèse par des preuves en quelque sorte matérielles, il faut avouer que leur nombre s'est accru et qu'ils opposent à Benjamin Prévotelle des objections singulièrement troublantes.

Mais il a pour lui l'immense foule. Nous savons tous par une conviction réfléchie, et nous croyons tous par un entraînement de foi ardente, que, si nous n'avons pas de nouvelles de nos frères de Vénus, ils continuent, eux, les êtres aux Trois Yeux, à s'occuper de nous avec la même ferveur, la même attention et la même curiosité passionnée. Penchés sur nous, ils nous suivent, ils nous plaignent, ils comptent nos maux et nos blessures, et, peut-être aussi, nous envient-ils, lorsqu'ils assistent à nos joies, et lorsqu'ils surprennent, en quelque endroit discret, deux amants aux yeux chargés d'amour, et dont les lèvres se joignent...

Composition réalisée par C.M.L. Paris

IMPRIMÉ EN FRANCE PAR BRODARD ET TAUPIN
7, bd Romain-Rolland - Montrouge - Usine de La Flèche.
LE LIVRE DE POCHE - 22, avenue Pierre 1er de Serbie - Paris.
ISBN : 2 - 253 - 01356 - 0

30/4772/7